哀伤纪

钟晓阳 著

北京出版集团公司
北京十月文艺出版社

青马（天津）文化有限公司
出　品

当夜晚犹自黑暗清凉，

云雀唱起它的第一声歌唱，

幽幽的呢喃似是在说

“我等待今天的哀伤。”

——劳伦斯·贺普

《法慈·乌拉诗句》末四行

目录

哀歌

一九八六

1

近日我常想到死亡的事情。

从前我们也谈论过死亡。你说你愿意死在大树下，让树根吸取由你的尸骨所化成的养料，越长越高。那棵树看得多远，你就看得多远。你所看到的世界，没有言语可以形容。

“我愿意做那棵树。”我说。

至今我仍爱着你。

人死后，化为飞灰，我对你的记忆，是否就如失去肉体的幽灵对于人类肌肤的记忆，永不可追？我还能在你的眼神中迷失自己，与你生死相许吗？在死后的世界，有谁能为我捎来你的讯息，好让我知道你在人间，是否幸福？我是否仍能维持生前你最喜欢的样子，以你的梦境，作为我的归宿，在你的梦中对你说话？黄泉路上，我们在海边所立的盟约，可能为我指点他生的缘分，让我走向正确的方向，好与你在来世做一对情人、夫妻？

是否每个人心中都有个死后的乐园，对于美丽的极乐有所想望？

西方有极乐清净土，无诸恶道及众苦，但受诸乐。

水手们相信死后进入绿色的草原。那里有醇酒、美人、歌舞、奏个不停的小提琴。

我曾经将渔夫死后的世界，编成一篇篇富于活力的、愉快的童话。翠蓝色光亮的海底，小鱼吹着七彩泡沫，虾男蟹女追逐嬉戏，穿着用柔软的鱼网织成的衣裳。水底的沙像牛奶一样白而香，海藻有着春天的青草的颜色，各种贝类发出一阵阵光泽，每一只是一个八音盒，开阖之间有微微的旋律。

但你宁愿离开你的渔船，回到岸上来，寻找葬身之地。

无论水手或渔夫，最终还是回归土地。

西欧传说水中溺毙的人，其灵魂须在世上漂泊二百年，始能得到安息。

可见人类向往安定，难把无根的生涯视为极乐。

佛教有轮回转世之说，认为人死后，其魂灵以另一副形体，再度托生于世。

果真如此，我愿意转世为一棵大树，生长于天地之间——葡萄雨露，星星糖果，云的白肉与乎花的香骨，阳光琥珀……

让我以深深的泥土，作为永生的园地，把枝叶向高空伸展，直到天空的尽头，每一片叶子是天上的一颗星，永恒地护荫你流浪人间的魂灵。

让小鸟来到我的枝上，唱它们临终的哀歌，当我沉默，植根于你立足的土地，喜欢生长，永远向上。

2

能够将生命变成故事，我觉得是可喜的；能够将生命赋予故事，我觉得这更加可喜。然而，回顾自己的过去，我不觉想起希腊传说中麦德斯国王点物成金的故事。凡他的手指所触之处，皆变成黄金，其结局必然是悲剧性的，而且是比人类的贪欲更大的悲剧。

凡我的手指所触着的，皆变成故事，想必也有其可悲之处。

我曾经把世上的一切变成你。

现在我又把一切变成发生在你身上的故事。

得不到你，是否因为我在不自觉的时候，把你变成了故事？

有时我觉得，与其说一个故事，倒不如唱一首在海边为你送别的歌。

从前我常常立在渔港目送你的渔船出海。

“我的小丈夫。”我心中这样地呼唤你。

每回我都想着，这一次你去了，不知道还会不会再回来。

可惜今生今世，我们无缘做夫妻。

为什么万千故事之中，我独不能编一个与你成为夫妻的故事?

但是，能说一个爱你的故事，我也感到欢喜。

许多年前，我们初相识的时候，我还是一个学生，独自来到你定居的城市求学。年纪轻轻的我，初次面对动人的自由，无所适从，对眼前的生活有一种茫然。

三藩市虽没有特别出色的学府，与我年龄相仿，到此地求学的学生却不在少数。我曾经因为不欲追随潮流，声言绝不出国留学，及至自己也届留学年龄，这种抗议的声响便告式微。我想是因为青春的百无聊赖。

我也有了离开家庭，独立生活的想法。这种想法的背后，谈不上理想的力量。若有什么，只是一些模糊的、一团色的梦而已。

我生长于人口简单的家庭，环境富足，自幼受父母的钟爱，从未经历什么大的不幸。这造成了我的无知以及不切实际。

“肤浅而正派。”你这样形容我。

每次我无端想起，自己也觉得好笑。

此后没有人更准确地形容过我。

记得有一次，我问你，为什么和我好。

你说，因为这个世界对我来说是玫瑰色的。

我没有追究你这话的真意，虽然我不大明白，为何我眼中的世界，对你如此重要。

分手之后，我才想到，是否你在我身上，看见了一个玫瑰色的世界？这个世界，可有我在你身上所看见的那个，那么美好？

我曾经在你身上，看见了一切。

当时我所看见的，现在我正渐渐失去。

我觉得对不起你。

初时，我寄居于父母朋友的家中。这一家，有两兄妹，妹妹珍妮，哥哥占，都比我年长十岁以上。占与你是好朋友。学校尚未开学，他们轮流驾车载我游览这个名城，把我当作小妹妹一样的照顾。

周末晚上，他们安排了跳舞的节目，尚缺一个男伴。珍妮提议把你叫来。那是我第一次听见你的名字。

占说："他肯来吗？"

珍妮戏说你若不肯，就把你的渔船给凿沉。

于是我们到你的渔船所停泊的码头去寻你。一路上，珍妮告诉我一些关于你的事情。她说你在一家航空公司当机械工程师，已经做到视察官的位置，但你一心想做商业渔民。前两年，为了买一条旧渔船，几乎把所有积蓄用光。渔船需要重新整修，你把攒来的钱，完全花费在船上，前些日子，不得已把你那辆房车也卖了。在渔船能够出海以前，你不敢放弃原先的职业。现在你一边在航空公司任职，一边还要兼顾渔船的整修工作，时常在船上过夜。

那艘船对你来说，就像你的家一样。

夜晚的道路，看不清景致，无从辨认方向，直到看见金门桥，才知道正在向北方而行。远远近近的灯光，露珠似的，滚在荷叶绿的夜色上。付了过桥税，车行很短的时间，便到了那个小码头。

占下车去叫你。

珍妮回头对我说：“你也下来看看。”

我们都下了车。风很大，且意外地冷。整片岸边泊满了船，却看不见什么人，仿佛所有的人都把船丢弃在岸边，离船上岸了。只见占向你停泊的地方走去，蹲在木砌的堤边，喊叫你的名字。

船舱有灯光透出，可见你确实在船上。果然，甲板底下传来你答应的声音。甲板上有一个样式近乎水井的四方形构造，又像个有盖的盒子，掀开盖，你从那里探出头来，看见我们，有点惊奇。占问你修船的进度，你顶着风与他对答一阵，仍旧攀在通到下面船舱的梯子上。

珍妮给我们介绍，你笑着向我微微举了举手。

我心里感到很亲切似的。

占叫你跟我们一起去跳舞，你说：“好啊！”

你答应得那么爽快，似乎是占和珍妮意想不到的。

你从那个四方口爬出来，身上连衫裤的工作服遍布污渍，原来的浅蓝色大略可辨而已。

“你们等我一下，我去洗洗手。”你说，走进船楼。接着便听见开水喉放水的声音。少顷，你提着一个铁桶出来，把脏水往海里一泼，又走回船楼。

透过窗口，我看见在昏黄的灯光中移动的，你的人影。

收拾停当，灭了灯，你出来锁上舱门，托起一块木板把那四方口盖起来，也上了锁。然后你沿着堤边的梯子爬到岸上。

我们一行人向车子走去。有你认识的渔夫和你打招呼，问你上哪里去。“玩玩去！”你说，跟他们随便说着玩笑的话。

上了车，你说：“我们到什么地方？”

占告诉了你，你说：“那里太吵了，不大好吧！”

结果我们到另外一个地方去。可是你穿着牛仔裤，那地方的人不让你进场。

“那怎么办？”珍妮道。

你抱着胳膊，笑笑地说：“那还不简单？我把……”

珍妮忙喝止你：“有小孩子在场，看着你的嘴！”

你似乎正要说什么不文雅的话。我倒笑了起来。

“我去买一条裤子不就行了。”你说完就径自走了。

我们正好在一个商场里面，有的商店尚未关门。

“你见过这样狂的人没有？”珍妮笑着问我。

不一刻，果然见你穿着西装裤回来，手上拿着你自己那条牛仔裤。

我们得以顺利进场。

坐定后，你们三人都要了白兰地。你问我喝什么，我说不上来，你说："我给你介绍一个，叫卡露华的，有点咖啡味，加牛奶，甜甜的，一点都不烈，好不好？"

我说好。

占叫我跳舞，我摇了摇头。"你们先跳。"我说。

占和珍妮离开后，我和你只是沉默地望着舞池，没有交谈。

下一支舞，占请我跳，我仍然摇头。你和珍妮去跳，再下一支舞，又是占和珍妮两兄妹互作舞伴。

过了一会，你问我："以前跳过舞吗？"

"很少。"我说。

"这一支舞不错，你要不要试一试？我带你，不怕的。"

我犹豫着，你已经站了起来，并且俯低头小声说："怎么样？"

我实在无法拒绝你。

是一支慢四步。在幽暗的灯光中舞着，我脸红心跳，不敢抬头望你。

你到底是怎样的一个人呢？我心里想。

你带舞的方法温柔谦逊。我觉得你这个人很好似的。

占见我与你跳舞，以为我肯了，下一支舞便要跟我跳。我还是拒绝了他。你怕他受窘，忙拿话打圆场。

整个晚上我只跟你一人跳舞。

"为什么不和占跳？"你问我。

“我喜欢跟谁跳就跟谁跳。”我说。

“你喜欢跟我跳吗？”

我不知道该怎么说才好，有点想笑。

“你还是小孩子呢。”你说。

“除了爸爸之外，我只跟你一个人跳过舞。”

“真的？”你笑道。

我觉得好像有点喜欢你似的。

后来我和你要好，占总是拿这一天的事情来取笑我，不外是原来我第一次见你便心有所属，怪不得只跟你跳舞，不跟他跳舞……这一类的话。

次日早晨，你来到我寄居的人家，找占有事。占刚好和他父母出去了。珍妮还未起身。我正坐在客厅的餐桌阅读一本关于哲学的书。

我说占很快就回来，你便坐下来跟我聊天。

“想家吗？”

“不想。”我说。

“为什么会选三藩市？”

“我不知道。”

“你不怕？这里有地震啊！”

我只是板着一张脸。不知道为什么，那天在你面前，我觉得很不自在，不知道应该怎样才好。

你把手肘支在桌上，托着头，望着我说："你知道吗？上帝造人把人造得笑的时候比不笑的时候好看，一定是有道理的。上帝也希望我们快快乐乐，你说是不是？"

你翻了翻我那本哲学书："你打算在大学里念什么？"

"我还不知道。"我说。

你一边翻书，一边随意议论着各家各派的哲学，其异同、长短、优劣。原来你知道得极多。我很有兴致地听着，欣羡不已。

你说你从哲学以及自己的人生经验学得了一个道理，就是这世上的确有正确的人生态度，有至善。你反对否定客观事实存在的哲学。

我似明白，似不明白。

"我什么都不懂。"我说。

你笑道："苏格拉底也还说他自己什么都不懂呢！"

我不由得笑了。

那个客厅十分敞亮，阳光照进来，都照遍了。地上有微微的阴影，却没有阴影的感觉。仿佛只是一种植物的微凉。

窗外夏日迟迟。

檐灯上附着一个漂亮的燕巢，略为像一只松球，散发着新熟的松香。我指给你看，也许是燕子南移前最后一次在此筑巢。我告诉你前两天一只小燕学飞，不幸跌死的事情。睡觉的时候，小燕睡在巢窝里，大燕攀着巢缘，叠起翅膀，微阖着眼，样子十分有趣。

你说："要不要出去走走？"

"你不等占了？"我说。

"不等他了。"

我给珍妮写了张便条，便跟你出去。你开着一辆看起来十分残旧的浅蓝色丰田敞篷运货小卡车，载我到嬉皮士一度聚居之地。我们下车走路。阳光静静地照满街心。

你给我讲了一个与嬉皮士有关的笑话：某大学写字间的一位女秘书对嬉皮士深怀成见，一天，一个长发披肩、留长胡子的嬉皮青年进写字间问点事情。这位女秘书马上变了脸色，不客气地赶他出去，说："我们这里不欢迎你这种人！"嬉皮青年摆出一副满不在乎的姿态，好整以暇地说："耶稣不正是我这个样子的吗？要是耶稣来了，你也不让他进来吗？"说得那个女秘书哑口无言。

我被你的神情语气逗得大笑起来。后来我把这个笑话转述给别人听，再也不好笑了。

经过一家希腊饼店，你指着橱窗里面的一种点心，说那个很好吃，我一定会喜欢吃的，进去给我买了一块。是一种多层夹心饼，我觉得太甜，但还是很开心地吃完了。

顺步走去，来到金门公园东区，因其形状被称为"锅柄"的地带。我们在那里的长凳上坐了一会，谈论一些年龄的事情。只是坐着，看了一会落叶，便觉得光阴匆匆。

然后你带我到一个高尚住宅区，看那里的维多利亚式房屋。我们把车子停在路旁，就在车子里坐着。往右看，有一棵丰满的梧桐树，风吹树摇，每一片叶子是一只小手，往下一探一探，仿佛想要抚摸一下它生长的土地。

雀鸟的鸣声处处。

你说你喜欢房屋，尤其是在山中狩猎的时节偶尔经过的，那些在黑夜里点亮了灯的房屋，每令你兴起思家之情。

你曾经同你的大哥和侄儿去猎过鸭子。鸭塘极深，甚至要把你十岁的侄儿背在背上，涉水而过。有一次你的侄儿捡到一只鸭哨。那是一种能够发出鸭鸣声的工具。直到现在他还喜欢拿它来逗人。

你也在加州及缅因州猎过鹿。松鼠、兔子一类的小动物，经常成为你的猎获物。你还猎获过一只狐狸。那是你在缅因州伏伺一只鹿的时候无意中猎得的。

寒冷的夜晚，背负着沉重的猎枪经过山中的人家，瑟缩着，透过窗户往里看，可以看见一家子在温暖的灯光下围桌进餐。那时你真想家。你知道，对于屋里的人而言，你将永远是一个打从窗外经过的人，独自走向无边的黑夜。没有谁比你更清楚自己的命运。

所以你不愿受家室之累，宁愿到海上做个自由的浪人。

我曾经愿意追随你，把我们的家建立在海洋上，但是你说："我不愿我的家在海上漂流。"

山中的灯，暖眼又暖心。

也许只有山中小径上，远远的一盏寒夜的灯，方才是你心目中永恒的家园。

如果是这样，我愿意点一盏岸上的灯，让你捕鱼归来，远远地看见。

回忆往事，是否就如经过山中的人家，瑟缩在寒夜里，从窗外看着里面温暖的情景？

假如这就是我的命运，我们的一生，其实都是在寒冷和孤独中度过。

后来，我搬到你姨母家楼下的单位居住。我向你提过想找房子,独自居住的事。恰好你姨母家原来的房客搬迁。通过你的关系，我以较低的租金把那个单位租住下来。

搬家那天，占帮忙把我的东西安顿好，开车载我到唐人街购买必须添置的物品。刚进入中国城，就看见你立在路边，靠着一辆车子跟人聊天。我下了车，占自去泊车。你正吃着豆沙酥饼，给了我一块。我们一边吃着，一边看着对面朴茨茅斯广场的野鸽子飞来飞去，到处觅食。

新居在落日区，距离太平洋仅有一箭之地，不知是迈澳岛、法拉龙群岛，抑或其他岛屿的雾号，在大雾的晚上彻夜不断地响。呜呜的响声，犹如生活在野山里的，一种寂寞勇猛的动物的哀鸣，给人天寒地冻之感。我想到你若在船上，也是听着这声音。在海上听来，会否比较像一种海兽的鸣声？还是这声音已经成为你生活的一部分，是你自己的声音？

你常到我家楼上你姨母家，找你表弟。他在中国餐馆当厨师，有一阵子失业，常跟你上船。有时你把车子开到门口，按按响号，他自会从楼上下来。

我在窗口掀开窗帘的一角看着你们离去。

我以为你总会来看我，但是，许多日子过去了，你始终没有来。

离家上学，或放学回家，屡次在门口碰见你那在制衣厂工作的表妹，站在路上和她聊个一时半刻。我想向她探问你的近况，又觉得不便启齿。或者我只是想提起你而已。每次跟她谈话，心里想的都是你。有一回，她做了大黄叶馅饼，给我送来一块。其后才知道是你叫她给我送来的。

可是，长久的一段时间，你只在我的头顶上来来去去。楼上楼下仅一板之隔，我甚至听得见你笑谈的声音。便是在做功课的当儿，我也停下来倾听。那时，我好像有点觉得寂寞似的。我觉得整个世界是属于你的，而我一无所有。你离去时，下楼梯的脚步声经过我家门前。连木栅的咿哑一声也响过后，我悄悄地来到窗口，从帘缝看着你的车子远去。

我会做出一些奇怪的举动，譬如说，若在晚间，听见楼上你的亲戚送你到门口，我便把我家的灯全部熄灭，好让你以为我家里没有人。这样跟自己玩着游戏，诚然是可笑的。一切都不知道是为了什么。

屋后有一个小小的院子，久无人整理，显得十分破烂。位于院子一角的储藏杂物的小木屋，也露出倾颓的迹象。除了三四块石板，其余全是泥地，房东太太不规律地种着芥菜。院子中央横拖过三道绳子，权充晾衣绳。

记得那正是芥菜花开的时节。我提着一桶衣物到后院，踏在石板上，把衣物往绳上晾，忽然听到你说话的声音。回头一看，你正斜倚着楼上的楼栏，与你的表妹闲谈。看见我抬头，你对我笑了一笑。

我把湿湿的衣服用力抖了一抖，溅出的水点，种子似的洒在泥地里。一只小黄蝴蝶在同色的芥菜花间飞来飞去，仿佛它也想找一棵好的芥菜，做它的花。

明媚的阳光下，芥菜花好看地开着，为了蝴蝶的爱。

我还是常常在窗前看着你离去。似乎永远是我看见你而你看不见我。一天不见你，心中便悬悬的，觉得不圆满。为了一个尚未深交的人，变成了另外一个人似的，完全不可解。我很生自己的气。因为被这种情形苦恼着，心情落寞，感恩节学校有几天的假期，同学邀我去滑雪，也被我拒绝了。

就在那几天，你为你表弟那辆福特房车做一些修理工作。车子就停在我家门前的马路边，从我那里，清晰地听见你们的谈话声，以及操作时铁器碰撞的声音。楼梯口设有一个水喉，工作告一段落，你们每在那里放水洗手。你们离去后，门前的水渍，慢慢地也干了。

一天上午，只有你一个人来，独自忙了半天。你表弟不知上哪里去了。这么冷的天气里，你身上只穿了一件脏旧的格子衬衫。工作完毕，用楼梯口的水喉洗过手，你来敲我家的门。

我着实吃了一惊。

“还好吗？”你微笑着说。

“还好。”我说。

楼上没有人在家，你想借用我的电话。

用完电话，你说：“你这里怪冷的，怎么回事？没开暖气吗？”

“暖气坏了。”我说。

你看了看我身上的大衣。这些天，我已习惯在室内也穿着大衣。

“坏了？你没跟楼上说吗？”

我不作声。其实我已跟房东太太提过，房东太太说他们自己也不开暖气，在屋里多穿衣服就行了。但我没有把这情况告诉你。

“我替你看看。”你说。

北墙有一个装饰壁炉，暖气机就在那旁边的墙根处。你把暖气机的盖子掀下来，趴在地上往里察看。然后你爬起身，跑到外面把你的工具箱拿进来。

暖气机的位置使然，操作起来很不方便，必须昂着头，眼睛往上翻，你索性脸朝上仰躺着。

我给你倒了一杯冷饮，你喝了一口，说：“咦，这是什么？那么好喝。”

我说是苹果汽水。

“你在哪里买的？”

“超级市场都有呀，才八毛九一瓶。”我说，“你表弟呢？今天怎么不见他？”

“他上班去了。”

“哦？他找到工作了？”

“哎，哪天我带你上他那家餐馆去，叫他给我们弄一顿，他弄得不错的。”

掏弄了半天，你卸下一件零件，坐起来说：“这零件要换，我去买。”看了看表，你又说：“吃饭了没有？一块儿去吃饭？”

从这里朝南走，第二个街口往左拐，有一家中式面馆，我们到那里去吃。路程虽短，因为还要买零件，便开车去。外面遍地阳光，倒比室内暖和许多。

“感恩节你做了什么？”路上，你问我说。

“就在家里。”

“真的？早知道叫你到我家吃饭。”

“你叫我，我也不会去的。”

“为什么？”

我没有回答你。

“你家那么冷，待在里面不好受吧！”

“楼上也是不开暖气的，你到他们那儿，不觉得他们那儿冷吗？”

顿了一顿，你笑道：“要不是我发觉了，你怎么办？就这样挨下去吗？”

“你看我挨不挨得下去！”

你笑了起来。

到了那家面馆，你要了云吞面，我要了牛肉粥，另外加一碟油菜。你把醋浇在匙子里蘸面吃，忽然苦着脸说：“哎呀，这醋怎么这么难吃！”

“是吗？”

我把醋倒在匙子里，尝了一点。

“好像掺了酱油！”你说。

店子里只有我们两个人。你把隔壁桌子的醋也拿来尝了，还是不好。你不死心，把其他几桌的醋都尝遍了。

我笑道：“当然是一样的，一家店还有两种醋不成。”

“这怎么办，这醋这么难吃！”

“以后我们自备，我把我家的醋带来。”

你连声称好。

回家我找到了一个原本盛菊芋的小玻璃罐，装了半罐子浙醋。但是暖气机修好后的一个星期，你都没有再来。

一天下课回家，无意中发现地面上一张从门缝里塞进来的字条，上面写着：“来访不遇，只好一个人去吃云吞面。”

我望着你的字迹，心中惘惘的，只觉得若有所失。

我没有多作考虑，找个借口向你表妹要了你的住址，写了一张我这个学期的课程表给你寄去。你来的那天，我给你开门，两个人都相视而笑。

我们带着醋罐子去吃面。

你在航空公司值夜班，从晚上十一点工作到早晨七点，回家睡到中午，吃过午饭便上船工作，直到晚饭时间才回家。晚饭后，睡个两三个小时又去上班。或者你自己打发晚饭，从渔港那边直接到你做事的地方。

那些日子你睡眠不足，见面总是说：“困死了！”我很担心你开车的时候昏睡过去。

午饭时间除非有课，我一定赶回家。从学校到家虽然只需约十分钟的车程，在路上也归心似箭。

躲在窗后看着你离去的日子过去了。现在我每掀开帘子注视着你惯常出现的方向，等待你来。时间上若晚了，你只把车子开到门口按响号。有一次你表弟以为你来找他，从楼上下来，我也刚好从楼下出来，局面十分尴尬。在车上我们都笑了。

你若早到，就坐在车子里打盹，等我回来。我喜欢下了公车走回家的时候，远远地看见你蹲在路边逗狗玩，坐在我家门口的那一级台阶上看马路，或者两手插在裤袋里，倚着前院的栅栏，哼一首歌。

附近那家面馆星期三休息，我们便到基尔街比较远的那一家。兴致好的时候，也去唐人街，到唐人街的路途中，有一个在行车天桥上的地方，可以看见极美的城市景观。三藩市的街道沿山筑造，房屋多在山上。从那地方往右前方眺望，就是一座山。山上一大片房舍，栉比排列，密密麻麻，几不见空地，俨然一座独立的城。那浅浅的颜色，与晴朗的天气异常协调。太阳照射山头，遥遥望去，让人觉得那山上刚刚崛起了一个辉煌勇敢的王朝。

每次我经过那里，心中便兴起一股历史的兴衰荣败之感。

3

于我而言，现实世界与梦想世界永不可分。至于，是我与前者完全脱节，抑或把前者融化入后者之中，这一点是还不能够确定的。但两者其实具有雷同的意义。

失去了你，通过任性的情愫与幻象使我达到忘我境地的梦想世界，我渐觉难以把握。因此，人生常有多蹇之感。

一生中，有多少事情，其实是发生在梦与醒的交界处。归根究柢，世事并无真假之分，只有虚实之分。

我第一次上你的渔船，你说："这是我的梦……你的梦是什么？"

对未来有所怀疑之时，你一再问我："我的梦真的能够成为事实吗？"

"一定能够成为事实的。"我总是说。

你梦想着出海捕鱼，已经许多年。当你第一次驾着自己的渔船出海，你也许会在心中问自己：“这是真的吗？”

若我们两人之间，只有一个梦能够成真，我愿意那是你的梦。如此，则我的梦纵然憔悴、灭绝，我也心甘情愿。

你是否觉得这无疑是一个惯于以梦想自娱的人的说话？

从前你最喜欢与我谈论你的渔船。

你以三万多美元买下这条已有十四年船龄的旧渔船，付款之时，兴奋得连手都发抖。

我只知道那是一艘可作远洋捕鱼、一艘时速为八至九海里、内表面浇了水泥的坚固渔船。旧船主登岸从事别的行业，因而把渔船出售。渔船保养得不好，需要大量整修费。在我认识你时，已几达五万美元，经济上的拮据，加深了你对于未来的不安。

寒假里的一天，你来找我。你说你在南边的一个小镇的仪器店订购了一具船上用的机件，需要去取。但前一天你只睡了两个小时，恐怕开车时打瞌睡，希望我能陪你去，也好有个人随时叫醒你。

天气阴寒，飘着霏霏小雨，沿途我们东拉西扯地聊个不停。我戴着黑色的毛织手套，你伸过手来握着我的手。我故意把手从手套里面褪出来。你就微笑着握着我的手套，把它当成了我的手。

办过简单的手续，顺利取得机件。那是一支管状的沉重物事。你把它牢牢地拴在小货车上，然后我们向你泊船的码头进发。

码头在梭沙立多，隶属马林郡，位于金门桥北端的李察逊湾畔。

那是以捕鱼业、造船业及旅游业为主要工商业的旅游区。

金门桥的景色，千变万化，在晴朗的日子里，抬头可看见白云冉冉飘过，穿越红桥的钢架，从桥东飘到桥西。这天却雾霭沉沉，天厚云低。

过了金门桥，行约十分钟，弯入右手边的一段斜坡路，进去便是小码头。迎面是一片铁丝网结成的大栅，栅外有停车位。这次因为要卸下机件，便直驶进栅。一段水泥路跑道般的伸入港湾，接其末端是一截木堤，由水中探出的巨大木桩支撑着。沿堤都有梯子，供人们上下船。不是捕鱼季，港湾泊得满满的。你的渔船挨着木堤，泊在最近海的一排。

略呈方形、蓝白两色的渔船，破旧凌乱，甲板上满是杂物。你估计尚需两三年时间，始能完成整修工作。船首及船尾以黑漆涂上"克莉斯汀"这个英文字，是为船号。据说是旧船主千金的名字。

花四十美元，雇了操纵起重机的人帮你把机件卸落渔船。过程中，忽然认真地下起雨来。你忙到船上穿起雨衣，叫我上车避雨。刚上车，大雨倾盆而下，从挡风玻璃望出去，你的雨衣仅只是一抹黄影子，忽隐忽现。便是在日常生活中，是如何轻易地就被分隔到两个不同的世界中去。

有那么一刻，什么都看不见，唯看见雨。再看见你的雨衣，便知雨势略慢。待你完成卸落工作，跑上车来，已然浑身湿透，而我衣上的雨痕却半干了。

我们默默地看雨，雨都是从斜里来，可见风也极大。山和海灰暗一片，不知是山沉入海中，抑或海淹过了山头。风雨日的昼晦，令人觉得已近夕暮。

忽然从海上飞来一只苍鹭。

“好大的一只苍鹭。”你惊叹。

那苍鹭在一条木桩上伫立一会，旋即飞走。

不过这里还是数海鸥最多。一下雨，海鸥都不知飞到哪里去了，不知附近可有它们的栖身之所。

海鸥乱飞的日子，来这里看海上的船只，心里便觉得平静，你说。

在波士顿的期间，有一阵子你常到渔港看渔船。其时你已开始憧憬海上的捕鱼生涯。

中学毕业后全家移民来此定居，得了机械学学士学位，你便离开家庭到处流荡，在公路上截搭顺风车，穿州过省，随遇而安。遇到风景好的地方便留下来，觅一份职业，住个三五个月。就这样，你从西岸漂泊到东岸，在波士顿，邂逅了一位比你年长五年、与丈夫分居的有夫之妇，与她同居半载。后来她回到她丈夫的身边去了。从那时起，你常到渔港看渔船，渔港的夕阳极美……听着你说，我仿佛也看见了那令人心动的景象。红红的夕阳就像一面大而圆的帆，缓缓下降。整个地球是它的船。

那时你是如此年轻，我心中想道。

“真奇怪。”你忽然说，“为什么我会告诉你这些呢？我把我的故事都告诉你了。”

你想了想，自己笑了起来：“也许是我前生欠了你许多故事吧。”

小时候，你常与父亲在溪流里钓鱼。那时你从未想过以捕鱼为业。如今你觉得，与其仆仆于陆地的尘土之中，不如到海上寻找安宁。

从波士顿回到三藩市，你一方面考入航空公司任职，一方面积极学习有关捕鱼行业的一切，结识梭沙立多的渔民，向他们请教。

金山湾一带一度聚集着许多中国渔民。他们住在一些名叫“中国营”的小村子里；全盛时期，这样的村落约有十八座之多。这些渔民以大口拖网的渔船捕捉随潮水出入港湾的草虾。三藩市出产质量优良的虾米，就是因为这种虾产自咸淡适中的水域。其成功的程度，招致意大利渔民对政府施加压力，下令禁用此种捕虾法。此外，只有十分之一的捕获品可被制成虾米。在这样的双重禁制之下，这一带属于中国渔民的渔业从此式微。也有渔民从事养蛤。然此一作业却因为海水污染而得不到发展。目前的华人渔民大部分是越南华侨，像你这样的是极罕有的例子。

展望未来，你不禁有些忐忑不安。捕鱼是否真的适合你呢？自己的性情是难以捉摸的，在世间寻找性情相近的事物又是多么困难。

有时我想，你的生命能够容纳那么大的一个海洋，却无法容纳一个小小的我，到底是什么原因。

那天坐在车子里看雨，你对我说，从未出海的人，是无法领略海洋巨大的宁静的。你与相熟的渔民搭伴，或者租赁别人的渔船出海，次数已不在少。夜泊之时，整个世界除了地平线，别无其他。人与自然浑成一体，无限大的孤寂充斥于天地之间。

“孤寂怎能与人分享呢？”你说。

一种挫折感悠然升上我的心头。我发觉我并没有足够的自信走进你的世界，或为你的世界所接纳。

“将来我的渔船可以出海了，你愿意跟我出海吗？”

“我怕我会妨碍你。”我说。

你不再说什么，只是轻微地叹了一口气。

过了一会，你说：“如果有一天，我再也不来找你了，你知道是为了什么吗？”

我不说话，只是倾听着隐隐在雨中传来的清脆得如同玉器碰击的声音。

“那是不是风铃？”我说。

你说不是。那是船缆——拍打着桅樯的声音。

4

你听过失散的亲人相认的故事吗？在茫茫人海中，凭着半边玉佩，一块胎记，寻回多年来下落不明的亲人。寄情旧物，将一生灌注其中，这种题材，在目今这个时代，显然已经稍嫌过时。但我喜欢那些傻气的、团圆的故事。

有时我觉得你是我世上唯一的亲人。我看着你，心中喜悦得直想欢笑，觉得没有人比你与我更亲。我的心满满的都是你。

与你在一起，在外面吃东西，或买点什么，每次都是你付钱，从来不让我付。无论我如何据理力争，终告无效。那回我买了个小玩意，值十块钱。你帮我付了。记不清是为了什么，过后我们起了小小的争执。我身上只有一张二十元的钞票。我拿出来一定要把买东西的钱还你。你笑笑说："我没得找啊！"随即把那张二十元钞票接过去，轻轻松松撕作两半，把其中一半递给我："哪！

找你十块！”

我把我那一半用相框镶了起来，挂在墙上，事隔多时，还会指着它，半戏谑地向你说：“那就是我们的信物！”

金门公园滨海处矗立着一座装饰风车，周围培植了花圃，春夏开满灿烂的花朵，青青的草地上的姹紫嫣红，使人联想到一个西欧花园。我们躺在草地上的晴阳里。公园的小树林飘着郁郁的松香。你说：“要不要跟我去寻宝？”“寻什么宝？”我笑道。高尔夫球，你说，只要是高尔夫球场边沿的林子里，都可以找得到被人打进来的高尔夫球。我不相信，硬要跟你打赌。我们两人便在那时陡时平的杂草丛生的林子里钻高钻低，衣服和头发上沾满叶屑以及植物的小刺。终于让你给找到了两个。你说换了从前，你一定拿去卖，一个卖五毛钱。我们又无意中捡到一块蜕落的蛇皮，约四五寸长，白底上一格格深棕的斑纹，摸上去有点脆脆的薄纸的感觉，被太阳晒得发出干干的热气，腥臭扑鼻。

尤加利的叶子可以辟腥，你说。把树叶放在水里煮，可消尽空气中的任何腥味。公园里随处种植着尤加利树，摘一把嗅一嗅，的确有一段辛甘的与腥味相抵触的气味。

你虽未正式出海，却乐意帮助那些捕鱼的渔民。他们捕得了鱼，送给你，你总给我送来一条。你举着鱼向我笑道：“这是你的祖先啊！”坐在门前的那一级台阶上替我刮鱼鳞，把鱼鳞刮到脚下的泥地里，惹来一大群苍蝇。

我倚在门框上看着你刮鱼鳞。屋里煮着一锅尤加利叶，一缕清香缓缓飘送出来，经过我身边飘到门外，在半空中懒懒地蟠成一条龙，仿佛是从一个古老的香炉飘出来的，使人觉得眼前的一切，不过是阳光下的一场迷梦。

安排学校的课程，我尽量腾出中午的一段时间，好有空给你弄点东西吃，免得老是出去吃。你来我家，尚未进门，先就闻到汤的香味。“唔，好香！”你一进门就笑着说。你也喜欢帮我一起弄。做甜芋头，那芋头是你教我拣的，圆的是母，长的是公，比较好吃。我缺什么用，你就从你家给我拿来，譬如粉筛、漏斗、搅蛋器等，拿来了往往又忘了拿走，直到你母亲要用的时候才发觉不见了。我家到处是你家的东西。

中午在家吃饭的人少，所以你母亲是不怎么做午饭的，有些衣服你也自己拿到外面洗。我们常去的那家面馆斜对过，是一家自助洗衣店。周末你把自己的脏衣服用篮子盛了，开车来接我一同去洗衣服。把衣服放进洗衣机，入了钱，我们便到隔街的咖啡馆喝咖啡。

那家咖啡馆，天冷之时，一坐下来就不愿走。坐在临窗的位置，太阳发高烧似的晒着，把桌子晒成烫手的木头，几乎能把人身上的白衬衫熏黄。沿窗种植的秋海棠，她的回忆里也有我们的踪迹吧！过阴历年，我说我想念家里的桃花，你为我带来了一盆海棠，翠绿娇红，比我所见过的海棠都要来得妩媚，不知是哪一种的。那嫩嫩的叶子像蔬菜一样令人感到亲切。

咖啡馆隔壁是一爿健康食品店，门口兼卖鲜花。我们先到洗衣店把衣服从洗衣机搬往干衣机，然后走到那家商店，站在门口认花名，鸢尾、龙爪、天堂鸟、四姊妹、爱尔兰铃、婴儿的呼吸、天使的眼泪……

我家门口斜挡着一排楼梯，直通楼上。楼梯背面底下种着芥菜、天竺葵、金莲花，以及一种长白花的植物。含苞待放的白色花朵，唯一的一块花瓣形如蛋卷般地卷起，待开放时即慢慢松开。我问你那是什么花。你说是牵牛花。但我认为那不是牵牛花。因为我记得中学时代徒步上学的途中，路旁的墙头，爬满了牵牛花。牵牛花是爬藤植物。后来我从书上知道那种白色的花名叫马蹄莲，又叫水芋。那是多年以后的事了。

许多事情我都是后来才明白过来。

像那回向书会买书的事情。那时我还住在你姨母家那幢房子楼下的单位，门口的信箱经常塞满由各地寄来的商品宣传手册、说明书、价目表、优待券等邮件。有一个书会寄来优待读者的书目，只须付出十元代价，即可任择其中五本，我立刻写了支票寄去书会，见到你时，还兴高采烈地告诉你我捡得了便宜。未几，我便收到那几本书。在我快要将这件事忘怀的时候，又收到那个书会寄来的一本我没订购的书，要我付钱。拆开一看，是一本精装侦探小说。我不知道应该怎么办。你来时，我们在餐厅坐着，我便把这情形告诉你。

你说："当时我心里就想，天下间哪有这么便宜的事，我以前也上过这一类的当，不过既然你已经付了钱，我只好看看再说了。"

你把我拆开的封套用胶纸重新密封，叫我在上面写上"寄回原址"的字样寄回去。

"要是他们又寄回来呢？"我说。

"再原封不动地寄回去嘛！反正他们寄来多少次，你就寄回去多少次，绝不付钱！"你有点没好气地说完，稍微用力地把那本书往餐桌上一拍。

厚达两寸的精装书，被你那么一拍，发出极大的声响。

我心里一阵委屈，站起来就往后面的房间跑去。正要摔上门，你赶了过来，从另一边顶着。争持了一会，终于被你闯了进来。我哭着，用手打你，又用脚踢你。我从未对一个人发过这么大的脾气。你长年在船上做粗重的工作，力气当然很大，一抓住我的手腕，我便一点力度也使不出。我摆脱了你坐在床上大哭。

你挨着我面前的墙壁坐下，伸手握住了我的手。一段沉默之后，你跟我说了许多话。我第一次听见你用这种略为有点忧伤的语气跟我说话。你说你并不是对我生气，而是气那些奸商，为什么要用这种行为来欺骗我，想起来心里觉得烦闷，你长大的环境跟我的不一样，你虽然也有个好家庭，但是因为贫穷，你可说是在陋巷中长大的，而且你是男孩子，自小又喜欢在外面跑，几乎什么都看见过。我却不然。我自小就生长在极端受保护的环境里，阅历既少，思想又单纯，那些奸商，绝不是我所应付得了的，而你最不愿意的，就是看见我受到伤害……

我又哭了起来。

“怎么？还在生我的气吗？”你说。

“我恨我自己糊涂。”

你叹了一口气：“你不是糊涂，只是年轻。”

紧紧地握着我的手，你说：“我还能再来吗？”

我一时没有回答你。

你的手非常粗糙。这是因为在船上做粗活结满了茧。而且你经常被鱼鳞或鱼鳍等刮伤，伤痕愈合后成了疤。有时你还让我看那些新受伤的地方。

我紧紧握着你的手，心里觉得很难过。我如何能够不让你来？我如何能够再也不见你？

我不能失去你。

在那房间里，我们静静地不知坐了有多久。淡绿窗帘的竹子图案，被日光照映在对面的墙壁上，形成竹影，就好像这窗外遍植瘦竹，由于房间向西，光线黯淡，大白天也觉得有个月亮在外头，那竹影更添了一股幽趣，水藻一般摇曳在月光深深的地方。许多个夜晚，我躺在枕上望着那竹影聆听从海上传来的雾号声。

你为了哄我开心，说：“我同你看海豹去。”

“你不上船了？”

“今天不去了。”你说。

从我家往西行，太平洋像银蓝的田野一般展现在眼前。我们沿着沙滩朝北走，两三游人带着德国狸犬在玩乐。世界广大地延伸开去，水在山前面，山在水前面，一层有一层的天地。九月的海风相当温暖。你说一年之中只有这个月份，海上吹来温暖的西风。湿的沙深色，干的沙浅色，可据此推测潮水一度涨得有多高。现在正是退潮的时候，海涛声中，夹杂着海豹的鸣叫，令人感觉到动物界的悠闲。鹈鹕和白鸥盘旋飞舞，低飞时其腹部与海的背部相抵，高飞时其背部又似乎与云的腹部相触。

一片片云的白肉浮在蓝汤里。

将及海豹石，你说在那附近曾经有七座游泳池，被一场大火烧光了，遗迹尚在。于是我们循路走到游泳池。大小不一的七座游泳池被建于参差的位置，如今都浅渍着一泓死水，水面浮着一层浓苔，池边有青蓝的苔痕，上下池的小梯子锈迹斑斑。有些地方尚可看出曾受火灼。不知为什么那场火灾之后，经过这么多年，仍无人来收拾这局面。

我们都忘了原是来看海豹的，只在海边凹凸不平的岩石间攀了上去，又爬下来。逢到险处，你就拉我一把。我夸赞你攀爬的身手利落，你说你连缅因州海拔五千多英尺的喀坦定山也爬过。据说喀坦定山的最高峰是全美洲每天第一处迎接朝阳的地方。“喀坦定”这个字来自北美洲阿鲁库基印第安族，意谓大山。

一路上不时发现死蟹、水藻、烂木、废铁条，甚至旧铁轨。我还看见汽车的排气管和轮轴，因为年深月久，深深嵌进岩石里，成为石景一角。不知是否别处车祸的残骸，被海水冲上这里的滩岸。

你一直在我前面引路，捉摸好落脚的方位。有一次，你停下来指着一条石英石的石脉叫我看；又有一次，你指着一个石头里的黑洞说：“看那个洞！”就这么一句，并没有其他的话。我无论如何也看不见你所看见的。

接着，我们进入一个山洞。走不多远，左手边是短短一截栏杆，栏杆处的山壁斜斜地凹陷下去，形成另一个小山洞，洞底满积着沙。原来那里终年有潮水涌进，日积月累，以至山石腐蚀变形，造成一个天然缺口。那栏杆正是防止进洞的人不慎掉下去的。凭着栏杆，看得见海潮从缺口处间歇涌进，带着午后阳光的一点金边。在山洞的范围内，那水是黑金色的，回到外面才恢复白日下的色调，仿佛也和动物一样养成了一层保护色。

另外一个山洞深得多，据你估计，起码超过一百五十英尺。许多人在边缘地带略往里张望一下便走了。但你拉着我一直往深处去。光线随着每一步减弱，及至伸手不见五指，便如同整个人从周遭的一切抽离。我既感到新鲜刺激，又有点害怕。“不要怕！”你说。你也是第一次到这里来。不过你从前在美洲中西部，有一个时期很喜欢到那里的山洞探险。生活在山洞里的蛇、蝙蝠和鱼，全都是瞎的，而且是没有色素的白变种。

在全然的黑暗中，我紧紧跟在你后面，越走越深。有些地方从地底传来咕噜咕噜怪异的水声，仿佛那就是海洋的喉咙。起初，我听不出那是什么声音。但你说那正是水声，因为经过地层的处理，听起来有些异样。

摸索着，你忽然说："这个山洞有一部分是人造的。"

你领着我的手，让我摸摸旁边的洞壁。果然，那一大片洞壁极为滑溜，还有整齐的壁角。

"为什么要造这么一个山洞？"我问道。

"我也不知道。"你说。

山洞并不太宽。这是摸过洞壁之后，加以判断的。

过了不久，我又听见你说："到了尽头了！"

"是吗？"

"你还是看不见？"

"看不见。"

"我倒开始看见一点点了。"

原来在山洞尽头左上角有一个天窗似的小洞，透进一丝光芒。虽然如此，光线依旧极之薄弱。我的眼睛没你的好，适应得比较慢。

小洞的方向回响着海洋骚动的声音。每逢浪潮涌高，就泼刺刺从洞口降下一匹小瀑布。看情形我们约与水面平齐。

你说："怪不得这个山洞这么潮湿，涨潮的时候，人概整个被淹没了。”

我们背靠壁脚，依偎着坐在一起。渐渐地，我也稍能辨别黑暗中山石的形状。由于潮湿的关系，虽然穿着夹克，仍不免感到一点寒意。我们坐在那里看着那扇小天窗降下一匹又一匹闪烁的瀑布。那些来自阳光世界的瀑布，像一把又一把金色的箭，从天而降。偶尔来个势强劲猛的，总会吓我一跳。瀑布与瀑布之间，山洞周围老是发出一种响亮的嘶嘶声，大概也是经过自然环境歪曲的水声。我起初还以为是蛇。你也有些怀疑。但我们两人的身上都没有火柴或打火机，无法察看。紧张了一会，才大致明白是怎么回事。

山洞中充满各种稀奇古怪的声音。

有像我们一样闯进来探险的人，由最前面的人燃着打火机，一个牵一个小心翼翼地前进。从暗影里望去，那火光显得异常强烈，把人的影子一大张一大张贴满洞壁。山洞里黑影幢幢。

“他们看得见我们吗？”我悄悄问你。

“看不见的。”你在我耳边说。

我回头望了望那些闯入者，只觉自己也在那小小火光的包围下，实在无法相信你的话。

“他们真的看不见我们吗？怎么我觉得好像被他们看见了似的？”我又说。

“看不见的。”你说。

一个女人歇斯底里的尖声嚷了起来："我们在哪里？我们在哪里？"

前面领导的人大声道："紧紧抓着！不要放手！"

其余的人开始七嘴八舌地你一句我一句。整个山洞突然充满嗡嗡的回音。

从暗里看明里的人处身于黑暗中的种种姿态，联想到自己适才狼狈的情形，我不禁暗笑起来。

没有外人的时候，我们得以自由地交谈，彼此说着过去的事情。你叫我猜一个在海中诞生的希腊女神，我猜不出来，你就轻轻吻了吻我的手背，作为给我的提示。

"维纳斯。"我说。

我只看见一点点极淡极淡的你的影子。在那黑暗的山洞中，就着那一点点影子，跟你说话，我感到如此地与你忧患与共。我再也不感到害怕。那真是一种无敌的感觉。我觉得这一刻，我们这样地在一起，在人类的历史上永远不会重演。

从山洞回到外面的世界，乍然面对赤裸裸的明亮，我们几乎成了瞎子，连眼睛都睁不开。还是你先适应，拉着我的手慢慢走。走到一个岩堆，前面不远似乎又有一个山洞。

"我们快去看看！"我兴奋地说。

你望着我笑起来。

然而，潮水逼上来时，岩堆间的沙地整片遭到泛滥，我们的下身全湿了。潮水往后退的力量又极大，狠狠地把我们往外扯。于是忙找了块岩石栖身。

你说这种情形极端危险，潮水潜力无比，非想象所能及，随时可将人卷起撞向岩石。

潮的进退之间有一段短促的时间，恰恰容你飞快地越过沙地，到那洞口探看一番。回来时你说："不是什么山洞，一眼见底。"

我们就在那块安全的岩石上坐着。海面上一寸光，就是一寸影，随着日头移动，一寸寸都欹成斜斜的尺。

你眯着眼睛指着远方："那是我朋友的鲑鱼船。"

我顺着你手指的方向眺望，极尽目力，也看不见任何船只。

"捕鲑鱼的季节快结束了。"你又说。

每年五月初至九月底是忙碌的鲑鱼季节。那正是鲑鱼离开海水游向淡水之际。已进入淡水的鲑鱼，其肉失去鲜美的味道。据说鲑鱼能以本身的官能感知季节，回到它们出生的水域，产卵然后死亡。新生的鱼苗复顺流而下，茁长于海洋之中。这种富于奋斗精神的鱼类，能够跳越十尺高的瀑布，战胜激流。纵使离家二千里，亦能通过本能追踪故乡的气味，溯游而上，返回出生之地。

你告诉我一次你随朋友出海捕鲑鱼的经历。那天黄昏时分，你们正在甲板上休憩，忽然，无声无息地，从深海冒出十一条大海豚，团团将你们的渔船围住。你们皆为之一惊。海上风平浪静，夕阳的余晖，照耀在十一条海豚可爱的、圆圆的背上。这些智慧而善良的动物，如同认识你们一般，在向你们默默致意。你望着它们，尝试去体会它们的来意，忽然像是领悟了什么。半晌之后，它们仍旧无声无息地潜回海中。

这一次经历对你来说具有福音之美。

“听你这么说，我将来也要跟你出海打鱼了。”我说。

“好啊！”你笑道，“那么你替我们的渔船改个吉利的名字吧。”

我们一边说笑着，一边为渔船改了一个又一个有趣的名字。

你考虑称她为海豹号。因为你从前听过美国歌手及作曲家哥顿博克根据海豹神话编成的歌谣，留下深刻的印象。自此你对海豹有一份特殊的亲切感。

长年冰天雪地的北国视珍贵的白海豹为纯洁的象征，你说。好奇的海豹喜欢游近有人声或音乐的地方。圆圆的头以及明亮的大眼睛，突然在船只附近悄无声地冒出水面的习性，使它们增添某种属于半人兽动物的神秘气质。希腊神话中除了提及海神普西顿饲养一群海豹外，并未就这种动物作更大的发挥。这可能是因为海豹与地中海民族的生活未曾发生更密切的关系。以海豹为粮食、衣服及灯油的来源的国度，则流传着无数与之有关的信仰和习俗。

爱斯基摩人相信海豹诞生自女神萨娜的手指。在巴芬岛及哈得逊湾一带，宰杀海豹与杀人同罪。犯人须遵从若干禁令，譬如不可从窗门刮霜，不可清理灯的油滴，不可摇动眠床、刮兽毛，或以木、石和象牙等材料作工。妇女则不可梳头洗脸，否则女神萨娜的手指必令她产生痛楚。

西伯利亚的堪察加人在进行海豹狩猎以前举行模仿仪式，祈求成功。他们以草包作为海豹；把船只的小模型拖曳过沙地。

白令海峡的爱斯基摩人相信海豹的灵魂栖息于调节身体浮沉的气泡之中。只须把气泡归还大海，其灵魂便得以化身为下一代的海豹，供人捕猎。猎者们把一年内所得之海豹气泡谨慎保存，于一年一度的冬季庆典举行祭奠仪式，以食物及舞蹈向其致祭。他们聚集在大礼堂中，将气泡系以细绳，拉扯细绳使其舞动，并且围绕气泡模仿海豹的动作起舞。接着，由巫师高举大火炬跑到户外，参祭者用鱼叉挑着气泡尾随其后，将气泡塞入冰底。栖息于气泡中的海豹的灵魂遂得以复生。

据说时至今日，白令海峡仍有海豹皮制的船只航行其上。

格陵兰岛的人避免破坏海豹的头骨。他们把完整的头骨置于门旁，使海豹的灵魂不致犯怒，而吓跑其他海豹。

相传海豹皮与潮汐之间有神秘的默契，能感应潮退而起皱纹。神话中的海豹居住于以珍珠和珊瑚建成的宫殿。由它们化身的鱼，有着绿色的发和绿色的鳞。它们亦能化身为人。

冰岛、苏格兰、爱尔兰以及其他受北大西洋冲洗的地区，相传有海豹人出没。在法罗群岛，海豹人每九日上岸一次，到一个秘密所在，彻夜舞蹈。

假如你捡得一块海豹皮，它的主人将一直跟随着你，直到得回她的皮。她甚至愿意留下来做你的妻子。海豹化身的女人，指间有膜，手掌粗糙，呼吸缓慢，生殖力强旺，喜欢游泳和潜水，懂得医术及接生，有预知未来的能力。尽管她是个好妻子，她最爱的还是海洋。那块皮你要小心收藏；一旦被她发现，她便会离开你，回到海洋去。

海豹化身的男人是天下间最好的丈夫。他消除你对钱财的贪欲，对死亡的恐惧，给你安宁。但是，纵然你把心都给了他，你也得不到他，留不住他。他还是要离开你，回到海洋去。

5

除了一年夏天我回家度假，其余两年暑假，我几乎天天在渔港度过。在此之前，我也常随你到渔港去。虽然你每次都答应我一两个小时便送我回家，但你没有一次实践诺言。只要到了渔港，你东逛逛，西荡荡，一耗就是大半天。你在那里，完全是如鱼得水。随便在道上碰见一个渔夫，你就能停下来跟他聊得忘了时间。你无事也喜欢上你朋友的渔船闲坐坐。人家修个浴室，装置什么新仪器，你也要去看。你说要这样才学得到东西。他们多是在船上居住的渔户，渔船里面就是一个小型的家，样样俱全。你带着我去参观你喜欢的渔船，把我介绍给那些渔民，其中一个冒失地说："是你的妻子吗？"你望着我只是笑。

你的渔船，船楼包括小小的起坐间、厨房、厕所、船长舱、驾驶舱。底下那一层，船头那一部分——也就是驾驶舱正下方——

就是船员舱，有四个窄窄的寝位。面向船尾，先是机舱，再过去便是冷藏库。冷藏库的库顶有出口通到上面甲板。第一次看见你时，你就是从那里探出头去的。船的表面有一支主船桅、前桅支索、后桅支索、桅顶的横桁、两支系转轮线的轴竿，以及其他系泊装置。

我帮你做一些简单轻便的工作。穿着你那件浅蓝色脏兮兮的工作服，袖子和裤管都卷了起来，腰身又松又垮，显得个子小。

机舱到处腻着机油，加上光线暗弱，走动时须格外小心。我战战兢兢地左搀右扶，笑道："在你这儿简直出生入死！"你笑着说："这已经算是出生入死了？等你将来到了大海上，就只有入没有出了！"

你说要把机舱地面的废物及吸满油污的旧报纸清理掉，重新铺一层干净的报纸。我们避开舱房中央的发动机，把一张张报纸嘁呖嚓嘞展开来平铺。我一面铺，一面不觉开始阅读报上的文字。你那边突然没了声息，原来也在读报。读到妙处，我们互相念给对方听。后来我说："喂，有漂亮的女人，你来不来看？"你忙跑到我这边来。结果我们什么都没有做，光是四肢着地地趴在地上，就着那昏黄的灯色看报，大概一年之中也没看过这许多报纸。

掀开冷藏库库顶的出口，白白的天光照满鱼库。你将一个铁桶倒过来，让我坐在上面，从一本指导书朗声念出每一项指示。你按照我念出来的指示敲敲打打，把各种零件拼凑成一副机器。

上面有人叫你，你出声应了。只见史提芬从驾驶舱那边的梯子下来，一看见我便跟你打趣说："你在哪儿找到的？"

史提芬是个大块头，身躯肥胖，满脸络腮胡，天然鬈的头发使他于粗犷之外带点婴儿的幼嫩。他是种族歧视极深的人，对你却另眼相看，很是信赖，女朋友方面有什么烦恼也前来找你诉苦。他出海捕鱼，喜欢有女人在身边，一度在报上征求女助手，声明要求"充实的女人"。他现在的女伴玛丽当时看见这段征聘广告，也不管什么叫充实的女人，往脚踏车上一跨，骑着就来应征。史提芬把她上下看了看，满意地说："唔，很充实！"自此玛丽便跟他在一起。直至现在仍有人取笑史提芬："史提芬呀，什么叫充实呀？说来听听！"史提芬腆着大肚子，略显忸怩地走了开去。

有一回，他在旧货摊子以低价得了一柄强力电钻，被你看上了。其实他自己已经拥有一柄，因为看这个实在便宜，所以才买下来。你却正需要那样的一柄电钻。你叫史提芬以稍高的价格转让给你，叫了几次，史提芬总是不太舍得。

那一阵子，你每看见史提芬，就撺掇他道："史提芬，我让你赚五十块钱，成交之后，再请你吃意大利饼，怎么样？"

史提芬一味咿咿哦哦地支吾着，八着脚步，摇着头，像一只觉得这里太干旱的水鸭似的踱回船上。

然而，因为外面的电钻委实过于昂贵，你不肯放过他。一看见他，还是笑容可掬地说："史提芬，五十块钱，另加一顿意大利饼，很充实的意大利饼啊！"

黄昏灰云滚滚，海上吹着大风，我们坐在堤缘的木桩上，没事就朝着史提芬的渔船喊：“史提芬，五十块钱，一顿意大利饼……”

有喝得半醉的渔民，看见我们在叫，也过来凑趣乱叫一通。

史提芬缩在船舱里不敢露面。

我对你笑道：“现在史提芬一定天天晚上梦见五十块钱和意大利饼，好可怜！”

终于有一天，史提芬挥着手说：“好了好了，我让给你就是了，我再不吃了那块意大利饼，就要被那块意大利饼吃掉了！”

那天晚上你多邀了几个朋友，我们一行人浩浩荡荡地去吃意大利饼。

又一天，一大清早，史提芬双手叉腰，叉开腿站在甲板上，对岸上的人说：“好可怜的贼啊！你们听说过这么笨的贼吗？到我的船上来，多少贵得可以教他发达的仪器他不偷，偏偏偷了我那破破烂烂一钱不值的电视机。我还正打算扔掉它买部新的呢！想必是个旱鸭子吧，船底下起点浪，他就晕头转向，抓着什么拿什么，可怜的灵魂！”

你经过时，向他叫道：“史提芬，你别可怜他，我的那些车轮和救生球，大概就是他偷的。”

你那些作为船舷和木桩之间的软垫的车轮，和橙红色的救生球，常被人偷去。

整个港口，以瑞典籍夫妇菲力和罗拉的渔船航海力最强。他们是经验丰富的渔民，去过许多地方捕鱼，远及阿拉斯加。

你希望将来有机会参加阿拉斯加的捕鲱鱼行动。据说这个前后仅仅持续约七小时的捕鱼作业，场面十分热闹壮观。此种鲱鱼的鱼汛期极短，捕鱼区又非常狭小，获准捕鱼的有四十多艘渔船，竞争相当剧烈。将鱼获全部出售给嗜食鲱鱼卵的日本，可得丰厚利润，捕鱼权亦因此极为昂贵难得。

我希望有一天和你一起乘坐渔船环游世界。

有几天你向菲力学习捕蟹方法，每天上他的渔船向他请教。菲力相貌斯文，举止雅重，单从外表判断，绝对猜不出是一个技术高超的渔夫。梭沙立多的渔民当中你最敬服的就是他，尤其因为他什么都肯讲，不像有些渔民的秘技自珍。当初就是他教你打系泊的绳结的。他用一种约半公升容量白色带盖的塑料罐子捕蟹，像这样的罐子在甲板上堆成一堆。

你和菲力谈论各种捕蟹问题，我就坐在船舷上看菲力的妻子罗拉编织绳索。膀子粗的绳索编结起来相当吃力。其中一个过程是把螺丝刀插入两股绳索间，将其分开。这样做必须有借力的支点。罗拉曳起上衣，露出白白的肚皮，将一个塑料碟子反过来盖在上面，插在裤腰间，再把螺丝刀的尖端抵住碟子的底部，借以使出力度。这样做着，她自己觉得很滑稽似的笑了起来。

有着北欧肤色和笑声爽朗的罗拉，活泼明丽。有一次我们在堤上漫步，看见她的渔船从渐暗的海上归来。暮色四合，飘着几滴阴雨。渔船已经上灯。罗拉身穿黄色的防水衣，头戴一顶白色的毛织帽子，手拈船缆一端，立在船头，在噗噗的马达声中靠岸。风吹得她的衣衫拍拍地打着她的身躯，仿佛那就是那艘船的帆。黄昏在她身后像早晨一样升了起来。

你在岸上大声问她这一次的鱼获。

我们自己也作小规模的捕鱼，由我从船尾垂下钓丝，以鱼肉作饵钓鱼。只要钓到两三条小鱼，午餐便解决了。运气好的话，可以钓到大条的鲭鱼。你多半做你自己的事情，偶然才和我一起垂钓，钓着鱼，我总是问你一些愚蠢的问题，譬如说：鱼为什么不能倒退着游?

船上有烹调的工具及作料，但我从不肯剖鱼，每次都由你负责。你剖鱼的功夫十分纯熟。我想起小时候听过大人们关于吃鱼的一个迷信，认为如果将鱼翻转，海上便有人要翻船。迷信归迷信，到底没有切身关系，照样将鱼翻转吃另一边的肉。现在我自己吃鱼，必定设法挑去鱼骨，无论如何不翻鱼身。看见别人翻鱼身，心中便紧一紧，觉得不自在。

夜晚的渔港渔灯点点，每一艘点灯的船都有一种宫殿的意味。那波光水影，仿佛是海底的龙宫透出来的隐约的灯火。每当微风像要把海水吹凉似的吹一口气，整个海便徐徐地折了一折。我们躺在船桥上数星星。亮晶晶的星星像一些闪光的白石，散布在黑色的沙滩上。第一幅航海图就是根据星星完成的。

你说：“从前的人看见星星联想到牛郎织女，现代人看见星星就联想到星球大战。”

在船上过夜，彻夜听见异响。船缆刮着船缘，或者缆绳的纤维产生变化，发出在旧楼板上走动一般的声音。我睡觉的地方是船员舱中的一个寝位，紧贴着船壁。有一种“波、波、波”脆亮饱满的声音，不断在耳旁回响，就像有一条庞大的鱼起劲地吻着这条船，“波”的一下，又“波”的一下。

我第一次听见的时候，吃了一惊，问道：“这是什么声音？”

你说：“是海水拍打着船身的声音。”

“真的？怎么会是这样的？”我觉得不可思议。

水声似乎是永远也说不完的。闭上眼睛，古老的摇橹声拨开繁密的芦苇丛，悠悠荡入梦中。

早晨的渔港非常宁静，淡灰的雾愁一样地轻压着港湾，不时听见水禽扑翅的声音。李察逊湾彼岸的蒂布朗、贝佛第尔以及更远的安吉尔岛，渐次显露出苍黑的山形，如同黑色的帆，缓缓自水底升起。站在堤上眺望，一大片船桅像船骨似的，被风啃得细细的。现代的渔船不再需要帆了。第一次世界大战，商业帆船已然销声匿迹。没有帆的桅杆，就像没有旗的旗杆一样，看起来总是有点寂寞。

这世界的造船史也就是一部船帆由升起到降落的历史。如今的船桅，其作用限于无线电天线、信号灯、旗柱、卸货用的支持等。

船的建造比船帆更是远昔的事情。据说太古的人类自浮在河川上的木片有所悟得，从而意识到水上交通工具的可能性。远在金字塔出现在埃及之前，已有船只出现在红海的水面上。公元前五千年，地中海和波斯湾已有船只航行其上。

我想，若不是船帆的没落，我们大概还没有领略到船桅之美吧！也许，对于某些人来说，船桅的姿形是过于萧条了。它不像船帆的帆也有丰满的时候。

有时我梦想着自己是你的妻子，在渔港目送你的渔船出海，视觉的幻象中没有鼓荡的风帆，有的只是瘦竹似的船桅，在我心上投下长长的黑影。

船桅的尖端是整条船最高的地方。一条船无论向哪个方向行驶，它永远是最后从地平线消失的部位；一条船无论航过多少海里，它所经历的路程都最长。这一切无非因为地球是圆的。

但是，你是否发觉到，地球有时是平的，而且你已经走到了尽头，若再往前去，便要失去整个地球？

我来到渔港，走到梭沙立多的海岸线，仿佛也走到了世界的尽头，不能再往前跨越一步，只得任由渔船把你带走。

我们在渔港度过的那些日子，注定我们日后必须分离，是否因为我们都发觉到，你所属于的世界，永远不能真正属于我？看着你和其他的渔民谈天、说笑，我也曾有过失落的感觉吧。在人前，你从不对我亲热，甚至也并不对我特别照顾。我知道这于我是好的。

然而，我看不透你的心房的明室与暗厦。

我毕竟不能留住你，像海洋一样地留住你。

你是海洋的市民，而我不是，这就是我们不同的地方。

长久以来，我思索着生命的中心的问题。

我以你为中心，在你周围创造了一整个世界。我说，要有海，就有了海，我觉得海是好的，就把海和陆地分开。我说，海中要滋生有生命的物类，水面要浮载美丽的渔船。事就这样成了。于是海中有鱼群游动，水面有渔船漂荡。这一切我看着是好的。

而你是远方的旅人，来到上帝所创造的世界，看见了海，就觉得海是好的。于是你指着海洋说："我的心在那边。"

6

小时候，我问我母亲，一个人出生之前，和死了之后，是不是一样的。我母亲说：“在精神上应该是一样的。”当时我想，既然我并不惧怕出生之前，自然也不必惧怕死亡之后了。自此我以为我已摆脱了死亡的恐惧。

我认识你时，你父亲已故世三年。你深深悼念着他。在你父亲的忌日，我们买了鲜花和点心前去上坟。你家中只有你一个人纪念这日子。坟场在远离市区的一片高地上，草坡相连，外貌大同小异的墓碑整齐排列。你抽出小刀割除你父亲坟前的长草。因为在渔船上工作的需要，你经常把小刀佩戴在腰间。离墓碑咫尺处，从泥地里伶仃地长出一朵罂粟花。

你母亲虽然尚在人世，墓碑却已经准备好了。与你的父亲的墓碑是从同一块大石打造出来的。除了空着相框和卒期，其他字样都已镌刻齐全。举目四顾，坟场中有一小部分其实都是生者的墓碑。

你说你想起从前去过的一些坟场，墓碑各有各的样貌，从其中可感到生者对死者的追思。这些饶有人间味的坟场，坐落于离市区不远处，平常散步亦可走到，只觉死者仍活在生者中间。人们可随时探望死者的坟墓，在坟前默想，与那些逝去的人共同度过一个下午。那时你很喜欢到坟场散步。现在的许多坟场，不但墓碑趋于雷同，而且总是在一些冷清清人迹罕至的所在，把死者和生者远远地分开。其实生死何尝隔得这样远。

轻风暖日，天空是淡白的蓝色。我们坐在墓前的草地上吃着做过供品的肉包子，谈着儿时的往事。你说中学时代的国文课本有一篇《诗经·小雅》的《蓼莪》，至今仍能背诵全文，每次都深有所感。你父亲对中国文学有专才，可惜时运乖蹇，未能发挥所长。然而他从不以此自苦，常跟你说：读书人所学何事，但求心安而已。他带你到郊外的河里钓鳟鱼。钓了鱼，就在河边搭起锅灶煮鱼粥。你以后再也没尝过那么鲜美的鱼粥。

你六岁时，你父亲当了一个时期的辅警。有一天晚上，你母亲为了等他下班，带你去看夜场电影。是一出恐怖片。你吓得躲在椅子底下不敢出来。那之后几年，你老是梦见自己在一间正在燃烧的屋子里，被一只浑身火红的怪物追逐。屋子里有一个水喉，你以那个水喉为目标拼命挣扎，可是每次将要成功之际，总是累得筋疲力尽地醒来。这噩梦继续困扰着你的童年，直到有一天，你使出最大的气力，抓住了水喉，把水喉扭开。那怪物刚巧伸过手来，手指淋到了水，嗞嗞嚓嚓的一阵响，就这样被浇灭了。你再也没有做过这个梦。

有一年中秋节，你父亲教你背诵苏轼的《水调歌头》。

你问你父亲说，月亮有阴晴圆缺，那么太阳呢？太阳是不是也有阴晴圆缺？

大概没有吧，你父亲说。

为什么月亮有阴晴圆缺太阳没有阴晴圆缺呢？你又问道。

你父亲说，月亮有阴晴圆缺，是我们亲眼看见的，而太阳嘛……也许人类对于太阳远不如对于月亮的了解吧，因为太阳太远太热了。

那时候你以为太阳和月亮是同一个，早上穿红衣裳，晚上穿白衣裳。

你父亲口述自己的生平，由你代笔，写至“得一儿，欣喜过望，日夕以弄儿为乐……”，你忍不住泫然泪落。你想到父亲对你的养育之恩，山高海深。

“往事已成尘，功罪安足论”——这是你父亲嘱咐你镌刻在墓碑上的句子。我望着那两行字，心中不禁一阵茫然。

你父亲跟你说过，我们其实是追随先人的足迹而来的。当年的淘金梦至今仍在我们的血液里流动。随着十九世纪中叶淘金热的掀起，大批华人远越重洋，踏上新土地，开垦、筑路、掘矿、淘金。其后国事蜩螗，更有多少人避乱来此。这一切都只是为了一个求生的信念。你父亲叫你不要忘记自己也生在乱世，要老老实实地做人。

乱世的人，愁深似海。

你虽以乱世的人自居，但你比你周围的人都安稳。我一直找寻着那一股使你安稳的力量。

但愿在现世之中，我能够安安静静——过年了，走到市中心，许多人把过去一年的日历纸撕成一片片，从窗口抛落街头。我仰望着漫天徐徐飘下来的，破碎的日历纸，许下了这样的心愿。

那年冬季里的一个早晨，家里响起了叩门声。我去开门。你站在门外，说："我们到海边去。"

一路上你都没有说话，只是默默地走着。我也无言地走在你身边。你好像非常不快乐的样子。海边风大，你把身上的大衣脱下，分出一半，裹在我身上。我们在二十世纪末期的大风中相拥而行。

海滩很脏，微褐的泡沫被潮水带上来，积在沙上久久不化。

"那就是海水污染。"你说。你踢了踢脚下小白蟹的尸骸："这些生物也不能在海中生存了。"

每次你来这沙滩都感到吃惊。十多年前，当水线还没有那么高的时候，这沙滩曾经给你留下可爱的印象。然而，今日看来，连形状也有些改变了。水线增高，冲上岸来的秽物也就更多。短短十几年间，居然变得如此丑陋，实在是人为的灾害的明证。

也许有一天，这世界再也不适合人类生存。

在航空公司工作逾几十年的老臣子告诉你说，几十年前的飞机，机窗很久才换一次，不像现在，飞一两次就要换，因为空气污染，机窗受损的程度很严重。

假如人类绝种，世上将布满昆虫，你说。昆虫的繁殖率比人类超出二十倍。

你相信人类坚强的生命力，但是，现代人的所作所为都带着末日的感伤。

由于风大，云雾散尽，向西方眺望，约三十里外法拉龙群岛的轮廓依稀出现在海上。那是由一个大岛、一个北岛，以及一些小岛组成的群岛，被列为禽鸟及野生动植物保护区，长年在云雾的笼罩中，非轻易可见。大岛上建有一座灯塔。夜晚明亮的灯塔，对渔夫们来说是一个可爱的景象。他们经常把渔船驶到那一带夜泊，翌日清早起来打鱼。

前天晚上，你的一个朋友在海上捕鱼，沉船死了，你告诉我说。

那艘船船底的内部有一大块已经腐烂，然而，在外壳的掩遮下，谁也不曾觉察，一直也平安无事，想不到就在这一次出了意外。前天晚上，你朋友把渔船开到远处的水域。海上起了大浪，部分腐烂的船底经不起凶猛的水势，被海水涌了进来，船马上就开始下沉。你的朋友和他的伙伴穿了救生衣，希望能遇到过往的船只，可是，在海水中漂流了四个小时，始终未被发现。他们就这样冻死了。

人在冻死之前，会产生奇异的幸福感。那种融融的温暖的感觉，令人恨不得排除身上的一切羁绊，拥抱死亡。你朋友临死极可能经历过这种现象。他身上的衣服有用手撕裂的痕迹。他可能也想脱去救生衣，但救生衣的绳子被衣服缠住。其时他的气力已经所剩无几，不然他就不是被冻死的，而是被淹死的。

他是你被海洋夺去生命的第二个朋友。你以前有一个朋友，在装置捕蟹罐的时候受到大白鲨的袭击，受伤死亡。当时他的人浮在船边，下半身浸在水里，上半身露出水面。突然从海里蹿出一条大白鲨，将他拦腰咬住。也许它不喜欢潜水衣的味道吧，它马上松了口。然而，待你的朋友被船上的人救起，已为时不及，他终于流血过多而死。

你的朋友的死亡，也许使你联想到自己将来也会死在海上。

“你怕死吗？”我说。

你沉默了片刻，道：“对生既然有恐惧，对死自然也有恐惧了。”

“我真希望我不怕死。”

“我只知道我不愿意像我的朋友一样，也死在海上。将来我年纪大了，总是会回来的。”

“既然喜欢海洋，何必还要回来？”

“生前在海上漂流，死后就不要再漂流了。”

一小队矶鹞在湿沙上迅速跑过。若非海潮喧噪，或可听见它们脆薄的笛音似的鸣声。那些体形比知更鸟还要小的矶鹞，走路像跑步一样，跑起来上身不动，光是两只小脚飞快地交错而行，十分可爱。沙滩上，海鸥的爪印以及脱落的鸟羽，随处可见。

我们一边走着，一边拾沙钱。这种灰白色、形状像一块钱币的棘皮动物，生活于浅沙之中，备受浪涛摆布，所以完整的沙钱不容易找到。沙钱的正面是排列成星形的呼吸管，反面那微凹的叶脉似的纹路就是食道，负责把食物引导至中央的小洞，也就是沙钱的口。我们每次到沙滩来，不捡贝壳而捡沙钱，好不容易才捡到一个有五支呼吸管的。那是已经长成的沙钱，甚为难得。

后来你拾到一片浅蓝色半透明的破玻璃片，上面有这样的字样：FEBRUARY 21, 1906. IN U.S.A. PAT OFFICE.

我们都暗自诧叹。一九〇六年正是这个城市发生大地震的那一年。这七十多年来，这块玻璃片也许一直在海洋中打滚。玻璃的边缘圆溜溜的十分光滑。现在像这样又厚又结实的玻璃已不多见了。

一九〇六年四月十八日凌晨五时许发生在这个城市的大地震，引起普遍的恐慌，洛杉矶西雅图陆沉、纽约焚烧、三藩市整个被吞没等等谣言满天飞。有人相信世界末日已经降临。这一次是美国历史上最严重的一次大地震，死亡人数一般记载为五百，事实上不止两千。

自从我来到这个城市，就感到灾难发生前的压力，刻不离身。坐落于圣安德烈斯断层附近的三藩市，地震的可能性并不是一件遥远的、不可想象的事。对于地震的恐惧感，已经完全化入此地居民日常生活的感情纤维之中。日复一日，他们在悬疑的不安中生活着，不知道灾难什么时候降临。

曾有一个时期，我把家里所能找到的瓶瓶罐罐全部储满了水，以备不时之需。家里大多是玻璃罐。虽然明知塑料罐比较好，却又未至于特为此买些塑料罐回来。我只是不彻底地为自己不可靠的生存尽尽人事。我因为怕你取笑，一直不敢告诉你。我原是这样胆小无用的一个人。我想我实在是有点怕死。

“你知道灾难发生的时候，最可怕的是什么吗？”你问我说。

“我不知道。”我说。

“最可怕的是人。那时候，谁是人，谁是兽，马上就可以分得很清楚。有人为了一滴水自相残杀，穿着军服假公济私，趁火打劫的更不知有多少，所以你千万要小心谨慎。”

有人预言不久的将来，这里将再度发生大地震。

全长七百五十余里的圣安德烈斯断层，自加州西北沿海岸地区伸展到加州东南近墨西哥边境处，乃美洲地壳与大西洋地壳之间的部分边界。在过去一千五百万年间，加州海岸连同大西洋地壳已向西北移位一百九十里。现在沿着这条断层，每年平均约有二至二又四分之一寸的变位。一九〇六年三藩市发生大地震，就是因为大西洋地壳突然向北移位十八尺。其时，电源断绝，全城陷入黑暗之中，地层摇撼，马路像波浪一样翻腾，楼房倒塌，铁路倾覆，沿岸树龄高达两千年的红杉歪颓在地，大火焚烧四日……

我想，那一定就是世界末日一般感觉。

《可兰经》这样形容世界末日："……太阳折叠，星辰坠落，山峦摇撼，海水沸腾……"

你看过之后说："诗有时比事实更真。"

到唐人街途中的行车天桥上，曾经看见的那一幅绝美的城市景观，忽然又掠过脑海。这个娇媚华丽的城市是否也会像一千九百年前的庞贝古城，毁于一旦？

我想到人与最爱的事物始终还是要分离，不觉有点悲伤起来。

你叫我灾难发生时，不要惊慌，尽快逃到空旷的所在。假如时间上来不及，当选择有支柱的地方躲避，如门框底下。事后不要忘记关闭煤气管，防止火灾。将来你会给我一把扳钳子作此用途。所有的容器都要盛满水。你叫我床头的墙壁不可悬挂重物，床头附近也不可放置书架等有相当高度的家具。

"没有什么比食水更重要。"你说，"若我们两人之间的食水，只足够一人饮用，我一定会让给你，我自己会照顾自己的。"

"你知道怎样寻找食水吗？有海洋的地方，总有河流，因为这世界的溪河都是从山下流下来，再流入大海的。那时候，也许只剩下你自己一个人了，无论如何，你要努力求生。只要沿着海边，从这里一直向南走，总有一天会走到河流汇入海洋的地方。河流会将你带到水源的。”

你握着我的手，如此为我的生存担忧。我胸中忽然充满了一种悲壮之感。我觉得自己甚至可以屹立于末日的余灰之中，安安静静，没有眼泪。

你答应我，无论你在什么地方，你都会立刻赶来；我们若失散了，你就沿着海岸到南方寻我。那时我们就在海边相遇。我也答应你，假如我没有了你的消息，我便独自驾舟，漂洋出海，到天涯海角去寻你。这就是我们之间末日的盟约。

那天我们在海边，在二十世纪末期的大风中，说着不着边际的梦话，将灾难变成美丽的神迹。或者你急于答应我一些什么。不然，为何你忘了提醒我，这一切不过是一场空，说过之后就算了？而我总是以为，所谓盟约，原是天长地久的。

与你在一起的最后一段日子，我所感到的绝望与无奈，使我甚至渴望灾难的降临。天崩地裂，水沸山腾，毁灭你的渔港，你的渔船，你所爱的一切，把你交还给我。

我竟不知道，我当时所渴望毁灭的，竟然就是你。

如今，让我在心中，把你交还给大海，把你的渔船，交给我看不见的远方；让如飞的岁月，带你走遍千山万水。

来日大难，也许我和你都化成了灰。

7

我在大学里的第三年学期末，你的表妹结婚，我居住的单位被收回作为新婚夫妇的居所。我搬到另外的住处。就在此前后，你的渔船出海了。

你辞去航空公司的职位，专业从事商业捕鱼，每次出海或两三天，或十多天不等。你出海前，往往通知我一声。我已学会驾车，取得驾驶执照，买了一辆便宜的二手车。你要是作长期的远洋捕鱼，我总是驾车到渔港给你送行。我立在岸上，看着你的渔船远去，就好像渐渐失去你一样，心里说不出的难受。

出海的时间很难算得准。有时我到了渔港，你尚未完成准备工作，忙来忙去，也没时间答理我。我无聊地到处走走，喂海鸥吃饼干，有几次等了许久。你叫我不要再去送你了，反正你来来去去的，送不送都一样。但我不肯。我说我喜欢渔港的送别。

你的渔船还是叫作“克莉斯汀”。因为在渔船准备就绪的时候，正值繁忙的捕鱼季，你赶着出海，换名手续便暂且搁下。在你航出某个水域以前，我可以借用其他渔船的无线电与你通话。其实我也没有什么要和你说的，不外是嘱咐你小心，祝你好运这一类说过又说的话。

我过着长时间没有你的日子，每日都想念着你。在路上走着，也会停足观望天空。天空无云，海上必然大风，因为云都被风吹散了。这是你从前告诉我的。

我的新居进门处有一条长长的走廊，尽头是一个长方形约一百二十平方英尺的客厅，客厅左边是卧室和厨房。书桌紧挨着客厅的东墙，一排玻璃窗，开向屋后的小院子。晨光照射进来，把途中所有的影子也带进屋里来。一半水泥地，一半泥地的后院，种着几株矮瘦的玫瑰。开花的时候，就仿佛那棵植物的心缓缓地开了。我常坐在书桌前发呆，梦想着将来与你一起出海捕鱼的日子。有一种灰蓝色的小鸟在后院大摇大摆地踱步，像是在它自己的家里似的。较远处是人家楼房的背面，有人在后骑楼晾衣裳。只要注意那衣裳摆动的姿态，即可略知当天的风势。我望着那翻飞的衣裳，有时无缘无故地哭泣起来。

大雾的夜晚，窗户蒙上一层水纱。汪作一团的街灯，船灯似的，浮在夜海一般的黑暗之中；你的船灯，想必也正浮在黑暗的夜海上，如一团黄雾，遇风即散。你说天晴时海上的月亮，与陆上的那个是绝对不一样的。就好像太阳突然在晚间升了起来。白色的太阳照得水面银闪闪的一片阳光。有时月亮又显得非常小，仅只是一颗稍大的星星。但千万不要是一颗陨星。在古老的迷信中，陨星预言风暴的来临。

你捕鱼回来，还要亲自把鱼载到零售商的商店去卖。待你把特别拣选的鱼送来给我，往往已经累得筋疲力尽，站都站不稳，须睡一觉醒来，方才有精神告诉我这一次捕鱼的经过。

我把我家的钥匙给你配了一副，好让你在我外出时，也可自由出入。我一进门，只要嗅到鱼腥味，就知道你来了。你每逢捕鱼归来，身上的鱼腥味总是很重。有一次我早晨起床，走出客厅，发现你靴也没脱，连衣躺在沙发上，已经睡熟了。你身上一股子鱼腥味，胡子已多天没有刮，头发又乱又脏，人也晒黑了。我拿了一把常备在家的尤加利叶，放在锅里煮。不多久，微辛的清香漾满空间。我坐在沙发前面的地板上，静静地看着你睡。朝阳把细微的影子，印在你的脸上。你睡得极深。

我觉得非常幸福。

你再度出海之前，虽有短暂的空闲，却也有许多杂务等着办理，只能抽出一天半日陪我聊聊天，吃吃面，散散步。我记得我家附近人行道的石板缝野生着一种细绒般的青苔，你很喜欢，会蹲下来摸摸它，脸上露出温柔的表情。你说将来你家的院子要种满这种青苔。

我们常去的地方是一排陡斜的楼梯。那是横切过一条盘山而建的街道的捷径。每次我们到那里去，就说：“到楼梯那边去。”我一直想数一数那楼梯总共有多少级。楼梯两旁沿着斜坡植满松树。我们走到最高，坐在布满松针的梯级上，俯瞰沿海地区的全景。在那里看来，仿佛天空很多而地很少。井然的街道及楼房，干净的马路，翠绿的远树和青青的山，令人觉得真是好一片太平盛世。一只白鸥像完成壮举一般，悠悠横越整个区域。海洋在陆地与陆地之间，呈现各种光暗面貌。你指着前方说，海陆交会处，若是白头浪特别多，即表示岩岸险巇，等闲莫近。

然后你又走了，乘着退潮出金门桥，航入海洋。这样便可借潮力增进船速。同样地，你趁着涨潮时潮水进湾的时候进湾。金山湾的水流极强，最快时达四海里。以距金门桥约三英里的庞尼塔角为起点，计算至入港停泊，顺潮只需三十至四十五分钟，逆潮则需时三小时十五分钟。

我已习惯了在渔港时，留意伫立水中的圆木桩上，那湿印的长短。若是水线以上露出一大截湿印，我便知道正是退潮。退潮的时候你是不会回来的。

你曾经告诉我，最强、最高和最低的潮，都是在春天。潮汐以二十四小时五十分钟为一个循环。在这段时间以内，潮水涨退各两次。满月之日，水位升至标准以上六尺，是为满潮。月蚀引起小潮，水位降至标准以下二尺。潮汐的讯息由于暗合自然万物的消长荣枯，自古以来被认为与人类的命运结怨交欢。潮涨象征生命、丰盈、充溢，潮退象征死亡、衰微、贫乏。法国西北部不列塔尼的农民相信苜蓿须在涨潮时播种方能茂盛成长，否则将夭折。他们的妻子相信水位偏高时制成的牛油品质最佳。此时由水井取得的水，从牛身挤得的牛奶，将在锅中煮至沸腾，满溢出来。搅乳器中的牛奶将不断起泡，直至高潮过去。葡萄牙、韦尔斯及不列塔尼沿岸的人，认为人在潮涨的时候诞生，潮退的时候死亡。

对于我来说，潮退象征你的离去，潮涨象征你的归来。

一年一度的鲱鱼季，自一月开始，至三月止，属近海作业，你不必把船驶出金门桥，只在金山湾、金银岛一带逡巡。青绿泛黑、银身白腹、以甲壳类动物为主要粮食的鲱鱼，部分时间居住于深水之中，然后移往沿岸的浅水域产卵。成千上万的鲱鱼游近水面，发出冷光，吸引了渔民的注意力。从水鸟盘旋的位置，亦可推测鱼群出现的方向。日本人喜欢用鲱鱼的鱼卵做寿司，因此，所得的鲱鱼卵大多出售日本。

或者你航向深海，捕捉生活于水底石间、海岸山脉的谷壑中的石头鲈。这种饕餮的鱼类，于冬季产卵，能在深海中生存。为了捕捉石头鲈，你出入深水礁、法拉龙群岛、雷斯角以西二十五哩的柯特尔滩。雷斯角位于三藩市西北西。天气想必很冷吧！你穿着厚毛衣，戴着毛线帽子，脚上套着防水靴，也许正在注视着鱼群检波器的画面。那一具利用超音波探测鱼群的仪器，按下了掣，画面上立刻亮起了各种颜色图案，显示出海底的形态、鱼群的方位等等，活动范围达一千二百浔的深海。

春夏捕鲑鱼，利用轮转线捕鱼法，以半速前进的渔船带动喂了饵的鱼丝，跟随寒流，沿着约十浔的浅水航行。所至之处，北及波林娜斯、北岛、雷斯角、波德各湾、布莱格堡，南及蒙得勒湾、圣克鲁斯、新年岛、半月湾、圣彼得角。这正是鲑鱼离开海洋，逆流返回淡水域产卵的季节。武勇的鲑鱼，一旦上钩便剧烈挣扎，以求逃脱。有一次，你与它们斗力之际，撞伤了膝盖，瘸了好几天。

七月至十一月是捕鲔鱼的月份。鲔鱼属鲭鱼族，最重要的商业品种包括大青花鱼、长鳍、黄鳍等，是世界上最快速的鱼类之一，游动时速可达四十五英里，肌肉结实，追随暖流，喜欢游近水面觅食。捕捉鲔鱼，须采用长线多钩钓鱼法，渔船几以全速前进，途中绝不停留。据说大规模的捕鲔鱼行动，渔线长及七十五英里，渔钩有两千多个。

三藩市西南有两座海底山，间接参与捕鲔鱼行动，助渔民一臂之力。派因尼亚山山高七百七十英尺，垓特山几及一千六百五十英尺，水底的暗流遇山即向上涌出，把大量营养料及有机生物带到水面，吸引无数小鱼围饲。小鱼又吸引来水面觅食的鲔鱼。因此，渔民只须注意暗流的动态，便可大略估计鲔鱼的行踪。你通过探测水温的仪器，测知何处有暗流上涌。

你在海上，捕什么鱼，吃什么鱼，吃腻了，便吃自己准备的罐头。

有时我弄一些三明治沙拉一类的让你带去。每次你都收集一大堆报纸和书到船上看。你说你喜欢海上的夜泊，仿佛只有你一个人在无边的大海上，使你感到灵台清明，无一点俗虑沾身。也许，那种安宁与满足，才是你所真正追求的。

待此地的捕鱼季将要完成一个循环，我也快要毕业了。

“毕业之后，有什么打算？”有一次，你这样问我。

“跟你去打鱼呀！我们不是说好了吗？”我说。

“你不回家，你家人不会着急吗？”

“这你就别管了。”

“他们知道我吗？”你说。

我虽然没有明确地告诉我的家人关于我们的事情，但我知道他们是绝对不会赞成我和一个渔夫在一起的。

我久久无言。

“难道你跟我去打鱼，打一辈子吗？”

“这又有什么不可以的？”

“唉，不是这么容易的。”

你开始向我解释，捕鱼的生活非常艰苦，不但风吹雨打，日晒雨淋，生命没有保障，而且鱼市动荡，收入不固定。目前你的理想入息是每年两万。那是除掉费用之后和纳税以前的数目。要达到这个理想，每年的总收入须在四万以上。这是你从前在航空公司的年薪。也就是说，你当渔夫后的入息比当机械工程师的时候少了一半。不过，经济上的顾虑还属其次，主要是你觉得捕鱼生涯实在并不适合我。

“那么你当初为什么又答应我？”我说。

“那时候，我还没有想清楚。”

“但我已经想清楚了。”

“你把事情想得太简单了。”

“有什么要那么复杂呢？”

“你还这么年轻，还有长远的未来，你怎么知道没有更适合你的生活方式呢？”

“你不愿意我跟你去，怕我妨碍你，是不是？”

“我只是不愿意耽误你。”

“我又不是为了你。我是为了我自己。”

“你真的那么喜欢打鱼吗？”

“你喜欢，我也会喜欢的。”

“我跟你不同。我的年纪比你大得多。我出去见过世面，经历过人情世故，心情自然跟你不一样。你才刚刚念完书，还没有踏足社会，谈不上什么人生经验，现在就来说什么打鱼打一辈子，不是嫌太早了吗？”

“难道就这样算了？以往的一切都不算数？既然是这样，为什么当初你又和我好？为什么你又和我在一起？”

你不作声。半晌，方才叹了一口气，道：“有些事情，是连我自己都始料不及的。”

顿了一顿，我说：“如果你真的不愿意我跟你去，我可以留下来，找一份工作，我们还是……还是……”

“唉，这是不切实际的……你将来会后悔的。”

“我不会后悔的，为了你，我什么都肯。”

沉默了一会，你说：“我什么都能接受，就是不能接受牺牲。”

我们之间，类似的争执越来越多，有时甚至是不欢而散。我初次惊觉到也许我们在一起的日子，将要结束。然而，当其时，这种意识尚是模糊的。骄傲而天真的我，以为总能够令你回心转意。但是，愈接近学期的尾声，我的心情愈焦急，将要失去你的预感，使我对未来的信心发生强烈的动摇。我变得口不择言，故意说话伤害你。你用道理开解我，然而，在一些实际的感情处境中，所谓道理是不敷用的。你虽然不同我计较，可是，在你的内心，你一定觉得我还只是一个不懂事的小孩子吧。

“为什么我们不能永远在一起？”我老是问你这种孩子气的、叫你难以回答的话。

你对我的态度开始转变。出入渔港，每次都是匆匆忙忙；出海前，打电话通知我，时间扣得很紧，以致我无法去给你送行。你在岸上的时候，也总是有忙不完的事情，我们见面的机会越来越少。即使见面，你也常常是若有所思的，脸色有些阴郁。有时我觉得忽然好像不认识你似的，我惧怕那种感觉。

那天，我考完毕业试最后一科，完成大学哲学系的课程，兴高采烈地到渔港去寻你。那是我们事先说好的。然而，到了渔港，相识的渔民告诉我说，你已趁着前一天晚上的退潮出海了。这是第一次，你不辞而别。我望着茫茫大海，忽然好像来到了世界的尽头，并且跨出了那不该跨出的一步。

一夕之间，整个世界都变了。现在我已不大去想那些接下来的日子。其实我很少去想那些只有我而没有你的日子。我记得有好几个晚上，因为哭泣无法成眠，在黑沉沉的房间里倦极入睡；白天就呆望着人家后骑楼晾着的衣裳，想你此刻不知在哪里。我思索着我们之间的事情，企图从其中发现一些可以改变的地方。但是，这样做，无疑是徒劳而苍凉的。我幻想着与你一起出海捕鱼，幻想得太久了，以至于把未来的希望，完全寄托于幻想之中。幻想中的事物没有血肉的感觉。当面对你的时候，有可能我只是爱上了你的虚的一面，你的神的一面，你的尚未发生的一面吗？我以为只要全心全意地爱就行了，只要不顾一切地爱就行了，只要相信自己在爱，就行了。

岂知人间并没有这样的爱。

我还记得那个清晴的上午，我坐在书桌前无聊地看着一本书，因为心中有事，老是看着同一页。忽然之间，我听见你用我给你的钥匙，静静地开门进来。我等待着，一直没有回头。一股浓浓的鱼腥味向我袭来，那感觉如此熟悉，以至于我忽然有一种恍如梦中之感。你无声地来到我的背后，站了一会，说："我不是有心的。"然后你不再多说什么，把手伸前，默默地将钥匙放在桌面。我注视着那枚钥匙，直到你离去之后，方才伏在桌上大哭。

我知道我已无法留在此地，但是，我又提不起精神为回家准备一切。我忽然不知道应该如何生活才好。有时候，我无缘无故地走出去，在街上漫无目的地走着，或者毫无防备地哭泣起来。原以为出外走走，或可使情绪平静一些，然而，坐在公交车上，眼泪就像流不完似的，从起站流到终站，以至于后来我也不敢再出去了。

我以为再也不会见到你，没有料到，会在这样一个甚至是有点荒谬的情形之下，见你最后一面。那天，大约是我们分手之后半个月，我在厨房洗食具，水龙头冷水一边的手掣突然弹了出来，一条水柱子笔直地喷涌而出，劲度极强，水点溅到手上都发疼。一刹那间，整个厨房湿了一大片。我手忙脚乱地找来一块抹布，试图把缺口堵住。因为水势过猛，必须花费极大的力气，不一会儿，已经感到有点支持不住了。除了手掣的缺口，水喉又不断有水流出，盥洗池里的水又去得极慢，只要缓一缓气，池子便有水满之患。再不想办法把水止住，整个厨房都要遭到泛滥。我把所有的朋友逐一考虑了一遍，唯有你，我完全相信你有这个能力。可是，也不知你是在岸上，还是在船上；即令在岸上，也不一定就在家里。要找到你是不容易的。但我实在无法可想，忙冲出去把电话机搬进厨房，所幸电话线的长度足够。仅仅这一瞬间，水又喷得到处都是。我一只手堵住缺口，一只手拨电话，紧张地聆听着另一边的铃响。竟是你接听电话。我简直不相信这是真的，霎时间竟说不出话来。“喂？是谁？”你又说。我只觉心里陡然涌起了千愁万绪，不由得哭了。你什么都没问，就说：“我马上过来。”

我浑身上下没有一处不是湿的，等你等了许久，心情愈发焦灼。早晨的阳光却是舒缓无事，照进浅黄色的厨房，整个调子非常暖和，又非常明朗，使人有很亮的光的感觉。我忽然想起忘记叫你把工具箱带来，正在发急，却听见门铃声，心里也不知是什么感觉。你从来不需要按我家的门铃。现在你把钥匙还了我，自然和其他人一样需要按门铃了。我慌忙向外跑，因为鞋底滑，几乎在走廊上摔一跤。我开了门，看也不看你一眼，又忙不迭赶回去堵住缺口。你走进厨房，看见我这狼狈的样子，说：“你没事吧？”我什么都顾不得了，扑在你怀中大哭起来，从缺口喷出的水骤雨似的打在我们两人身上。你把我带开，任由我在你身上哭了一会，拍拍我的肩膀说：“我先去把水喉总掣闭掉。”

“我忘了叫你把工具箱带来了。”我说。

“不要紧，在车子上。”

你找了一会，方才在屋外人行道上的一块铁板底下找到水管总掣。幸而房东一家都不在家，不会有人用水。没有了水声，整个地方忽然变得寂静无比。

检查着水龙头，你拈起一个指头大小的黑胶圈说："这个东西太旧了，已经磨得一点弹性都没有了，我同你去买一个新的吧！"

我想起我们刚认识不久的时候，你替我修暖气机，也是我们一起去买零件；家里有什么坏了，都是你替我修好。我心中的感觉真是难以言喻。

后来我们就到楼梯那边去。上到最高，眺望远处的海洋，一时只觉人事全非。这一次，我仍然忘记数一数那楼梯到底有多少级。我们静静地坐在一起。我没有问你什么时候再出海，也没问你上一次出海，你是什么时候回来的。

我想挽留你，但我的力量，胜不了一个海洋。你可知道在等待的日子中，我远望大海，仿佛看见了自己的一生。如今，我像当日远望大海一样远望从前，看见自己为你哭泣，哭得腰断肠裂，心都碎了。那些在当日认为永远也不会过去的、身心的创痛，现在已不值一提。

有时候，我想，如果这个世界没有海洋就好了，如果能够没有船，就好了，没有渔港，没有渔船，没有鱼，没有你，也没有我……

我似乎永远是站在岸边，看着你的渔船，离我远去。立在渔船的甲板上的，就是你吗？你看见了我，却没有把船停下来。你只是不怀抱任何希望地望着我。我们之间的距离，愈拉愈远，终于被海水填没。我知道你永远也不会再回来。

真正到了离别的时候，反而是平淡的。我心中有话对你说，却没有说。因为我的无知，我也曾刺痛过你的心吧！也许，对于你，我实在是太年轻了。我是不会懂得你的心情的。我应该让你安心去捕鱼，让你到大海上，自由地找寻。

不久之后，我就离开了你，回到我自己的家。

8

能够为了一个心中的世界，将一生抛弃，我觉得是幸福的。

我曾经将自己的生命围绕你，创造了一个世界。我说，太阳对你是好的，就有了太阳。我要太阳做你生命中的亮光。我说，让月亮照明你的航线，星辰指引你的方向，事就这样成了。这一切我看着是好的，有太阳，有月亮，有星星。我要你脚下踏着土地，上面有天空护荫，你要在天地之间，做一个自由快乐的人。我说，让海鸥做你的鸟，让鱼类做你的粮，让船做你的家，让海洋做你的梦，然后，让我做你的妻。我们之间有末日的盟约，天地是我们的明证。

我也曾经看着一个世界，像一个地震的城，毁于一旦。

其实我并不后悔。

回家月余，我收到你寄给我的一封信。或者这样是好的，你说，谁是谁非，不必再去追究。为免造成将来更大的痛苦，你不得不这样做，希望我能谅解。

你说，近日你有迟暮之感了，但我无疑是年轻的，虽则发生了与你之间的事情，我的生命依旧完整，我应该尽快把你忘记，好好地生活下去。

你说你对不起我。

读着信，我的眼泪止不住地流下来。从你的字迹中，我觉出了渔船的颠簸。当你从灯光的船舱望出窗外，看见的，想必是黑沉沉的、无边的大海。

难道这就是你人生的窗外，永恒的景色。

你离我远去了。

对前途感到漠然的我，找了一份与自己的所学无关的职业，安分地做着。我生活在乌烟瘴气的城市之中，于尘埃飞扬的街道行走，与周围的事物，没有一点关系。

自从失去你，我与外面的世界是无缘的。我生活于过去之中，有时倒也高高兴兴。闭上眼睛，想象你就在眼前，你的音容笑貌，如此真实，仿佛一伸手便可触及。

我不想再到外面的世界去。

我在自己生活的圈子里，也遇见过一些男孩。与他们交往的过程中，我总是忍不住念念于你。他们如何能够跟你相比呢，我这样想着，暗暗叹息。

世上只有一个你。

因为有过你，我与世上所有的女子都是不一样的。

虽然明知你不在此地，在街上走着，我也会暗中张望，妄想与你不期而遇。看见身形酷似你的背影，我心跳着追上前去，痴迷不悟。

我无法忘记你。

人类执着于自己的所爱，是否因为所爱的事物完成了自己？果真如此，被你拒绝之后，我感到自己被否定，原是自然的结果。我失去自信和勇气，同时亦失去与人交往的能力。有时我觉得自己仿佛并不存在于这个世界上。与人在一起，我尤其如此。

这样生活下去是痛苦的。结束自己的生命的意念，在脑海中徘徊了许多时日。但是，自小便惧怕死亡的我，没有勇气毁灭自己温暖的血肉之躯。也唯有这一副清醒的血肉，忠于我对你的回忆，虽然你或许早已把我忘记。

为什么我如此爱你？

我常常想，人生最重要的，到底是什么？我将你放在生命的中心，是否就是我今生决定性的错误？

这世上，什么都是自己一个人去承担。随着时日消逝，我把整件事情的前因后果，翻来覆去想得很清楚。我无法改变自己。被命运之神的手按在头顶上，身为人的我，没有说话的余地。我生活得不清爽，也不端庄。你叫我老老实实地做人，但我意兴萧索。有时，想到自己的恶劣处，我知道你是不会喜欢的，心里觉得非常难过。我辜负你对待我的苦心了。

在社会中工作，我发现自己更多的不足处。当初，我恐怕也有许多令你失望的地方吧。相爱难，相知更难，其实我又何尝真正地了解过你。

我想你也许非常寂寞。

而我却仿佛是永远的旁观者，看着我周围的人，要好了又分手，结婚了又离婚，倒也平安无事地活了下来。我也想过，不如把你忘记了也就算了，从此不再想念你也就算了，就当什么都没有发生过，也就算了。过往那一重重爱恨、恩怨，都不过是匆匆的流水，一去不回。我对你的爱，始终亦要成为过去。

然而，纵使我听从父母的意见，找寻婚姻的对象又如何？纵使我的下半生过得和乐安稳，又如何？

人生的一切，不过如是；你在我心目中，却永远是最好的。

所以我觉得，与其庸碌无能地生活下去，倒不如化为一只失群的孤雁，以我的一生，寻找你流浪的方向，穿过长空的沉寂与秋云的聚散，飞入你千山折叠的眉峰之间。

不如以我一生的碧血，为你在天际，血染一次无限好的、美丽的夕阳；再以一生的清泪，在寒冷的冬天，为你下一场，大雪白茫茫。

让我在梦中，最后一次拥抱你。纵然爱是有限的，我也愿以一生的爱，化解你无穷的悲哀。

我真的爱你。

9

相传古时有一名姓石的女子，丈夫姓尤，欲从商远行，女子阻止他前往，他不听从，结果这一去，许久没有回来。女子忧思成疾，临终之时，感叹道："这全是我未能阻止他前往所致，如今凡有商旅远行，我必化为大风，为天下女子阻断其行程。"

当日我确曾希望化为一阵石尤风，令你的渔船受阻。

年少的我，误虚为实，视梦想为美丽的真理，即使像海市蜃楼一样只存在于自然现象的解释里，也认为那是一种真实。多年后的今天，我重回梭沙立多，对于过往所发生的事情，寻思其所以然，并未感觉到困惑。我反而觉得那就像海市蜃楼的解释一样，简单明了，同时不失其奥妙。如果青春是一座结满金果的园林，我未能摘得那果实；但若我在每日的阳光中重睹那亮金的光华，则我相信我并未误解青春的真义。

我曾经以为我永远也不会改变。人类在万变之中寻求永恒的事物，欲从其中体悟生命不灭的意义；在平淡的生活里求变，却又是为了证实生命的脉动并未止歇。这些年来，我竭力为你保留一颗不渝的心，但愿在世事变幻中如尘埃落定，以应四周的飞扬与熙攘。因为我相信爱情原可超越七情六欲；从爱欲中，可培养禅心。

爱情应该是令人振奋的，你曾经对我说。我想着你说过的话，仿佛看见我们的往事，经过回忆的渲染和幻想的铺排，一如水中之月碎而且多，充满了整个水面。我把手探入水里捞寻，开始明白最美丽的世界，永远只可存在于心中，如今我已失去我的玫瑰色的世界。我岂不知玫瑰的颜色原是根据自然界万物生息的原理转浓褪淡？原来我只是没有勇气放弃坚持，面对并且接受人类的命运因循一棵植物的生命历程乃千古不易的事实。

日月穿梭，我的经历乏善可陈，心路历程却无疑曲折多弯。从坚持变成耿耿执着于坚持，究竟自何时始，已然无法分晓。由一个梦想繁殖的领域踏入一个虚构梦想的境地，那却是可以预料的。为了新生，我决定回到这里来。

我回来的时候，鲑鱼季节刚刚开始，许多渔船都出海了。鲑鱼是思乡的，有人说。它们自海洋游向出生的水域，在出生的地方死亡。然而，以我目前的心情而论，与其将鲑鱼的回归转托于人类思想感情的系统，诠释为怀乡的情操，倒不如将其视作生物的官能构造，与大自然循环动作之间天衣无缝的契机，更为纯洁动人。此时的鲑鱼，与我离开此地时的鲑鱼，已不知相隔几代。

我们的年纪都渐渐大了。岸上的岁月，已离去远去。或者你想着就此一条船，一个人，在海上度过余生。每当你的渔船出海，回望岸上层层的灯火，你是否觉得那就是你的前尘往事，渐渐变得像星星一样冷而远。

再相见时，想必恍如隔世。

那日我在街头行走，不免戚戚于城市的风貌依旧而昨日的自己不再。正当此际，却无意间碰见睽违多年的你的表妹。时间过得真快，她的孩子都那么大了。我们本就不算十分相熟，只站在街头略为寒暄。临分手，她用奇异的目光注视着我说，你的渔船以我的英文名字为号。

我听见之后，不禁百感交集。

为免碰见旧相识，我没有到那个你惯常停泊的码头去，虽则我无从知道，你是否仍然租用那个码头。我唯有对那明朗光辉的海洋，作遥遥的远望。昔日在渔港送你出海的情景，又完美无瑕地浮现眼前。

我望着春天的海洋，就好像见到了你一样。我想，我终于与你的捕鱼生涯，合而为一。我不知道这是否包涵着任何象征意义，但是，以我的名字命名的、你的渔船，确实在我的心里化成了一首美丽的象征之歌。你出现在我的生命之中，原是为了陪我走一段路，看着我成长。你离我而去，也只是为了成全我，让我独自承担自己的生命，体现我在你身上所领悟的一切，清洁勇敢如新生。

现在我已不想再见你。我们生存于这个世界上，忧喜参半，有更多的事情，分不清其哀乐。让我们走向各自的方向，无论结果如何，心中不会有悔。

我在怀旧情绪的驱使下，去过你父亲的墓地。你母亲已于两年前去世。从前留空的相框，填上了她的遗照。她的卒期就和生年一样，被一笔一画地镌刻于墓碑之上。

我在你父母的坟前静立，何妨就是一棵转世托生的大树，生长于天地之间，让你临终来我树下栖息。我吸取由你的尸骨所化成的养料，越长越高。你在我体内流动，我因为你，把枝叶伸向天空。我们所看到的世界，没有言语可以形容。

那时我们真正地成为一体。

哀伤书

二〇一四

1

我年少时读过一本书。一本哀伤的书。

不但它所叙述的故事，是哀伤的故事。作者的生平，也令人感伤。

曾经在二十世纪初的英国，她红极一时。她的作品，曾被谱成歌曲，在茶座歌厅间传唱。

现在网上还流传着这些歌。你还能在某些介绍冷门诗人的网页或专营旧版书的网站读到她的生平。或如果你在大学里报读一门印英文学课，教授也可能在介绍吉卜林之余提及她的名字——劳伦斯·贺普。

我的好友占浩曼爱读诗。他说诗是“冰与火结合的东西”，又说贺普的诗是“西方与东方相遇的奇观”。后来他将这句话略为变更，应用在他与我的关系上，戏说我俩是“热西方遇冷东方”。

我们在海洋性气候的加州相遇，一九八四年的夏天，乍暖还寒的雾季。自内陆吹来的热风遇冷洋，水流冷却了热空气，温度下降到露点凝成了雾。

那是我崇拜西方文学的时期，狂读一本又一本的卡夫卡、吴尔芙、费兹特罗、冯内果、约翰·厄普代克。他介绍我读西方的近代和当代诗。戴伦、奥登、泰德·晓士。

他介绍我听近代和当代音乐，各家各派的民谣、乡村、摇滚、爵士、拉丁。他介绍我听海豹人神话的歌谣。

是诗和音乐拉近了我们。是三藩市的海与雾陶醉了我们。

我生日，他送我贺普的诗集《印度情诗》，在标题页上写：“To Jill, Happy 22”。

后来是仓猝分离的。相识一年半后的某个初春早晨，我去附近的自助洗衣店洗衣服，住在我们家楼上的阿乐的母亲跑来告知，有穿西装的一黑人一白人来过，出示移民局证件。我一听便知是持学生签证过期居留东窗事发，当下家也不敢回，跑到好友郑星光的家避难。星光开车送我去办理结束银行户口、买机票各事。买到次日早上的直航机，当晚便住在星光家，与他的三个小孩同室。占下班回家帮我打包行李，听星光的建议说只带手提，衣物杂物等将来再转托我的亲戚寄海运。只将我一年多的手稿、笔记、桌上我近期在做的稿件等，一股脑儿塞进一个大袋子里带来。房东太太送的一盒巧克力，占当着她的面不好不拿，也硬塞进了袋里带了来，我就送给了星光的三个小孩。

这一去不知几时回，占开车送我到机场的路上都惆怅到只是乱说着玩话。“记得别写信啊”“你也别写啊”之类。“没想到逃亡是这样子吧？”“早知道假结婚”之类。

火速办登机手续，飞奔过闸口前的十里长堤，拥别，两人紧抱一抱，我早已淌眼抹泪，一步一回首过海关，直到再也看不见他高高的身影，我的巴伐利亚武士。

犹如被大浪冲散的小舟，我们在人海中失散。花花世界里不愁寂寞，忙碌分散了相思。明知至少好几年不敢犯险再入美国国境，隔着一个大海洋，这段两地情不知有没有将来。仗着出过两本书，开始有些工作机会来敲门，正想有所发挥。为了全速冲刺，没有截止日期的事情都宕后。

往后那些年，混迹在这城市里竞逐，患得患失，我渐渐感迷惘。常常一股哀绪无端袭至，充斥胸扉，直透骨髓。为什么会这样？是什么地方出了错？曾经我有过一个快乐的原形，但那已是很久以前的事。每增一岁，我距离我的原形便远一些。而时间年年在增速，我二十八岁、三十岁、三十五岁。

四十岁后，我的人生进入变动期。事业不顺、挚友小汶去世、写作遇瓶颈、身体罹疾。偶然揽镜自照，镜中向我望来的是个灰色调的中年人。有我的头、我的身，然而看来看去只是自问，这是我吗？如果有时外表看来好像还过得不错，不过是强自镇定，训练有素用各种方式给自己压惊。

然后好像还没有回过神来，人已活到了今天。我在三藩市日落区，在郑星光家。在写。

这要从几年前说起，星光又出现在我的人生里的那年。

2

二〇〇六年五月，星光找到我时，我在医院的深切治疗室。因严重缺血导致器官衰竭性昏厥，被送院急救，输了五包血，插了喉管，接上生命维持器。

醒来时只意识到痛，和有个光头人站在我床前。没有看到我期盼的发光隧道，那些死过的人说会看到的。有种嘟、嘟，和呼嗤呼嗤的怪声。喉咙很痛，我想动，但手被缚在栏杆上，那光头人俯前按住我的手。是星光。星光怎会在这里出现？然而是郑星光没错。护士过来调整管子，那呼嗤呼嗤是输氧管泵气的声音。星光又握握我的手便离去，他脸上有湿痕，香港在下雨？

次日转到普通病房，拔喉管时伤了喉咙，发炎，多天不能言语。

那是舒适快意的日子。睡睡醒醒，看窗外晴晴雨雨。人轻盈到像喝过孟婆汤，前生的事都淡忘。

每天有个年轻女生来给我拍痰，教我用拐杖走路；有营养师来问各种饮食问题，有教会的人来跟我谈心；有实习生来把我当“重度贫血”的教材，做各种测试、记笔记。我会想起那输入我体内的五包血，捐出那些血的五个不知道名字的人，像我有五个家人在外面的茫茫人海走着活着。

有时星光与我父母同来，有时单独来，捉住我的手说话。说那天以为我会死，又说你怎么没好好照顾自己。

我想说话，但喉咙痛。

星光的独白持续了多日。说这次来香港本来逗留一天就去尼泊尔，去加德满都的高班寺闭关。在机场时心血来潮打个电话到我家，发现号码失效也不死心，翻电话簿有我父亲很久以前给他的办公室号码，试拨，居然通，找到我父亲。一听说我的事，连酒店都没去带着行李就直接到医院来。

也许是我们的缘，他不只一次说。

又说是母亲去世后第一次出门。转行做了财务顾问，一年到头忙。当年用母亲骨灰做成的两尊小佛像，拖了很多年没有处理。“你还记得我女儿？你上次看见她八岁？九岁？她很慷慨，资助我路费，让我去趟尼泊尔——”

我出院，回到冰冷的人世。

星光给我看那些用骨灰铸成的一吋见方的小佛像，藏语叫“扎扎”，是藏传佛教的冥想用品。一尊想放置在大屿山的宝莲寺，一尊在尼泊尔的高班寺。

为什么要那样做？我好奇问。他说是让先人和后人得到寺院的赐福。

千禧年因偶然的机遇，开始跟一位密宗高僧修行，觉得很好。“解答了我对人生的很多疑问。”

什么疑问？我问。

人为什么活。

为什么？

为了学习。星光说。

为我的事他延迟了行期。

适值双亲这时有事先安排好的远行要去，星光应他们的要求住在我家，肩负起照顾之责。

我笑他是“大肚腩保姆”“史力加”。

“我是照顾人的命，你是被照顾的命。”他叹气。

七岁起做家务,照料弟妹,练了一身本领。亲族中有长辈生病，父亲便派他去伺候。母亲因糖尿病肾坏死、中风瘫痪，兄弟姊妹没人肯担责任，他担起来，十六年来每天抱上抱下，接送去医院洗肾，服侍一日三餐、洗脸洗身、大小便排泄各贴身事务。本来还能长命些，他说，他应空军之聘去达科塔州担任短时期的飞行训练官，母亲在亲戚家暂住期间，跌一跤伤了髋关节，身体自此弱下来。有次到医院洗肾后脑出血，昏迷不救——

他是个称职的保姆，一天两次替我手背上的输液管伤口换药，量血压、量体温、定时送来配好的维他命丸。每天偕印籍小妹上街市买食材，回来在厨房斩肉劏鱼，灶火熊熊大煮补身的鸡汤鱼汤、花胶鱼肚、猪脚鸡脚。还嫌不够，打越洋电话到美国向一位中医朋友取经，做干炖鸡汁、阿胶汤、北芪党参茶。猪肝汤却是他祖母的土方，早上还没下床他已将前晚泡好的猪肝水滚成汤，用托盘捧到我床前，说是他家中的女性来月事，他祖母必煮猪肝水补血。

看我脚力恢复些，便陪我每晚饭后散步，走附近的住宅街商店街，挑有树的阴凉处。香港的暮春天，对他来说太热，不断用随身的毛巾擦大滴淌的汗。又怕背肌上的幅员广大的文身吓着了路人，而只穿长袖衫。学佛后去刺的葛饰北斋观世音文身。

我有种 déjà vu[①]，这样和他肩并肩走路。从那些亮灯的窗户下走过，他问我喜欢暖色灯光还是冷色灯光。将来想住怎样的房子，摩登的？古典的？是他当年就爱问的。

二十年没有多长，不够我们脱胎换骨，只够我们世故些、困顿些、幻灭些。缺少当年的盲目崇拜作为催眠剂，我没有太大兴趣听他的夫子自述，那些老调重弹的人生观世界观。他的穷、事业的一无成就、捕鱼生涯的大败仗，交织出冗长刺耳的旋律，翻来覆去说着一个失败者的故事……

说起来他仍然一肚子火。因保育之名、利益均分之名，墨美

①法语，意为似曾相识之感。

加三国联手改例，行新政。一纸条约断送了小企渔民的生计。他大船刚修好，出海没几趟，一道道命令颁下来限制捕鱼额，捕鱼期从几个月缩到十几天甚至取消。去开会去抗议，有什么用？他认命，鲑鱼不让捕了，捕底栖鱼黑鳕鱼。渔民叫苦连天，坏天气里也出海。牌照费惊人，税又重，通胀加上油价上涨，成本降不下来。日本经济不景气减少购鱼量，鱼价不高反低，降价也没人买。不出几年，渔民大批撤离，加州渔业整个垮掉，在沙沙里多经营数十年的库尔吉斯家的海鲜厂结业，卖船卖店，将渔坞租了给游艇会。

撑到撑不下去那天，他把自己关进船舱，哭了三天，将手枪抵住太阳穴，扣扳机。

点四五口径的军官型曲尺手枪，跟随他十多年，靶场上射击过多少次一次没失灵过，偏偏在那天不跟他合作。他不知道说它是神迹好，还是自己命硬好。正检查究竟，被恰巧来船上找他的越南裔伙伴进来夺过了枪扔进咸水海，喝斥：“死都可以，什么关过不了？”

两人开舱门走出来，去找中介卖船。

他失去所有所有。两条船、户口存款、七年修船的心血、十二年苦学、家人的期待与牺牲，全部付诸东流。三万二千美元买来的船，耗资二十七万美元安装先进仪器和设备，八千元脱手。

我记得那条船，五十二呎的钢丝水泥船是那个坞最大的，一直到我离开美国都是破烂的半完工状态。管理渔坞的尚恩破格通融让他免交泊碇费泊在T形坞最靠里的角落。每次安装个什么新玩意一定拉我到船上看，一进舱只见许多仪器灯号一闪一闪像《星空奇遇记》里的宇宙飞船驾驶舱——

四十七岁，打回原形。失业、财困、高血压。唯一值得自傲的，是没有欠债。若不是有绢子的联邦政府工资维持，吃饭都成问题。求族中兄弟介绍工作，听饱了“洗碗碟你做吗”“谁叫你有好工不做”的奚落话，发誓饿死不再求人。

是内疚最让他受不了。难道真是他错？如意算盘打错了？景气的年头，商业捕鱼是利润丰厚的行业。打鱼发达的大有人在，置业买楼、开保时捷宝马。倘若他当年拥有后来拥有的知识与前瞻力，也许他能预见在保育和政府干预的大趋势下，必然有次大整顿要来临，渔民将成为牺牲品；也许他能预见随着富农滥建水坝、财团滥造大船、养殖业分一杯羹，种种原因造成的海水污染、生态改变、经济环境，将不利于捕鱼业的发展。但那是他雄心万丈的盛年期，不信二十年不够他拼出点成绩来。如果在航空界一直做到退休，以他的薪资计算出来的退休金虽然可观，可是他就一辈子是个打工仔，值得吗？

所有这些不过证实了，所谓梦想，是他在吹大炮、自吹自擂。秉赋、高智商、努力，不见得带来好回报。一直我以为他对失败是免疫的。灰心、认输、说丧气话的权利，我一向留给了自己和占。

幸得一位昔日共事过的军中同袍自愿带他入行做财务，数学禀赋有了用武之地。他日夜用功，考到保险牌、地产牌、股票牌，再次西装革履，提拎公文包，见客户。大多数客户是华人，他要重新适应说广东话。没有底薪完全靠佣金，做得很杂很累，仍旧入不敷出。奔波多年累积的心得，他认为三样中股票最有赚钱潜质，于是下决心钻研金融，花大钱去上高程度课程，为将来年纪再大些在家做全职股民做准备。一晃眼，他到了这年纪。

都没有联系了？沙沙里多的朋友们。我问。

他说只有那帮越南渔民还保持联络。那一坞本来是个联合国，各行各业都有，一没打鱼就各散东西。而且那位老同袍曾警告他，在美国有两种人犯众憎：保险经纪和税务员。为了避嫌，就没有很勤快找朋友。最近一次看见史提芬是好几年前，还是因为有事去沙沙里多在街上巧遇，喝了杯咖啡叙旧。他混得不错，在湾上开货船，把 Salty 卖给占米了。你记得占米诺伦？那个被烧伤的领航员？

我说有点印象。船爆炸烧伤那个？

“他因祸得福，拿了大笔赔偿金提早退休，把 Salty 翻新，优哉悠哉享受钓鱼乐。”

讲起其他人，他告诉我说菲力罗拉没在一起了。

“真的？”我好意外。一向是我心目中的神仙伴侣。

罗拉回瑞典了。她是画家，当年是在画展认识菲力的。

疯保罗呢？我问。那个星期五打死不出海、口袋里老有瓶龙舌兰的老嬉皮。听说在加拿大开了间酒吧，星光说。

霞飞父子听说回法国了；汤米辛格家搬到奥立冈，在山上买了块地，开养兔场。啊对了，你怎么也想不到摩根弟弟做了精神导师，追过你不是？他哥哥可卡因过量死掉后他离开了渔坞，改行又改行，没想到搞新世纪宗教翻身。圈里的一件大事，是那个号称有九条命的外号叫“占米肉球”的传奇渔夫死掉了。都已经半退休，技痒上了朋友的船，在那个他去过无数次的叫做魔鬼坡的地方翻船遇溺——

等到终于听到他的名字，是那么平静无波、轻描淡写的一句：“占死了，我一直想找机会告诉你。”

他的用字是 passed away。

哪个占？那时候很多个占。我听见自己问。

我给每个都起了浑名，占米王叫风水占，占米·尼古拉斯叫海明威占，占浩曼叫占四宝……

渔民习俗是以船名领人名，像人们称史提芬为 Salty Steve，占浩曼的船叫 Sable 因此他叫 Sable Jim，广东话音译接近“四宝占”——

有回他叫我给他取个中文名字，我说叫占四宝吧，听来很威风像个中国海盗的名字，他就笑说他要挂个骷髅头标志的海盗旗，把你掳回中国去……

抽签抽中了他，占四宝死了。

噩耗使者兀自喋喋不休讲他自己的："劝过他买寿险，事后直踢自己脸皮不够厚没有坚持，我太顾友情，怕他觉得我硬销，隔一个月打电话去，他太太说刚火化……"

什么时候？

二〇〇四，六月。五十岁生日前一个星期。

"好多年没他消息，还是那天在沙沙里多遇见史提芬，他有占的手机号码才又联系上。他还没到退休年龄，退休金不会太多，社会福利金也没有多少，小孩还那么小……从来不知道哮喘会致死，那天临分手还约他去吃中国点心跟他庆生，打电话给他就是为了约时间……"

你都没想起来告诉我？打个电话？我说。

星光叹口气站定，就在那人挤人的街上。不知怎么会走到闹市来，他来个四十五度转身跟我面对面说："你叫我不要找你你忘了？你刚离开美国那阵，我打电话给你你都不接。我不知道发生什么事了。你不回信，不回电话，我根本不知道你有没有收到我的信。我泥菩萨过江，家里又接连发生许多事，只好由它去。还是那年世伯伯母来三藩市玩，占米王招待他们找我陪席，才多少知道你的近况，说你在照顾一个患癌的朋友，但那也是好几年前了。我不知道怎么回事啊洁儿，还有占也是，说搬家就搬家，也不通知，我不知道为什么是这样……"

我说不记得了，以前的事都不记得了。

往事成灰。芸芸墓地中一坛骨灰。

星光不知道骨灰所在地。大概有举行丧礼吧，他没问。自从有一年他去过战死的军中好友的丧礼，他不再过问朋友的后事。

跟慕昂那通电话没谈太久。记得最清楚的部分，是慕昂说："占两天前火化了。"

也许他该多问点详情，发病经过、去世时间、后事安排，都忘了问。慕昂的英语已经说得很不错，但是问一句答一句。

是在家中发病失救的。问慕昂有什么打算，她说打算搬家，在找房子，想去报读护士学校。问她想搬哪里，要不要帮忙找房子，她说有朋友在帮忙找，感觉上不是太重视他参不参与。他给了一点领福利金、退休金方面的忠告，美国制度的规章等。留了手机号码，叫她有需要随时打电话，有了新住址便通知。

她家当时有客，他回想说。是个男客。他听见背景里有个男人跟她说话，而且从慕昂声调里的轻微变化，感觉她跟那男人不是普通的关系。慕昂说过丧事是医院的同事帮忙办的，很热心，帮了她很多。也许就是这个人。也许因为这个缘故觉得不便打扰太久，但是从此没有他们两母子的消息。那小男孩叫杰瑞米、还是杰雷德？他记得跟占的名字一样是J字头。

那次交谈给星光的印象，她很有主见，独立生活没问题。态度有点冷淡，他觉得是因为跟他不熟。我想如果占没说，慕昂未必知道他和占曾经是怎样的交情。在她眼中也许星光只是个久违的朋友，一个保险经纪。

就通过那次电话？你没再打电话给她？我问。

他听出我语气里的责备，叹口气说:“我再打去，她已经搬家。”

关于占的死，他就知道这么多。

几天后，父母回来，他便去了尼泊尔。

3

我费了点工夫查网络，根据我所知道的占的资料。竟就有一天，电脑屏幕显示出一个档案，我一看就知道是他，所有资料都吻合。

中间名是 Alexander。全名詹姆士 · 阿历山大 · 浩曼。

出生日期：1954 年 6 月 9 日。

死亡日期：2004 年 5 月 30 日。

死亡时间：midnight。

死亡年龄：49。

社会福利号码：494－×××－×××

号码发出地：密苏里州

这死亡时间引起我的注意，两天中间的界线。人们关掉电视机，准备就寝。

终于我知道了最想知道的，他的忌日。查万年历，那天是星期日，他多半不用值班，与家人聚天伦。

我陆续又挖掘到零星的资料。星光的记忆正确，小孩的名字确是J字头，今年十三岁，有上脸书。去世时的住址与星光说的也吻合，日落区第三十六街，接近日落大道与里维拉道交界，连星光无法提供的门牌号码都找到。他是在那里和占见最后一面。

看资料，急性哮喘死亡常是在深夜或清晨发作，而且多是发生在医院以外的地方。病发时，支气管壁因肿胀严重缩窄，导致氧气无法透过支气管正常输入肺部，一旦血液缺氧的时间过长，会造成窒息死亡。

死前一刻，当他在挣扎呼吸，我在哪里呢？在做什么？

他在本城的大医院里任职呼吸治疗师，最常接触的两大病类是呼吸道疾病和胸腔疾病。近三十年的职业生涯，该是接触过无数的哮喘病例。想是在短时间内发展到高峰，来不及去医院。

我认识他的时候，他已在用哮喘药物，但是没看见他发过病。他有震颤症，浩曼家的两个男孩都有，遗传自母亲的原发性姿势震颤，做某些动作或维持某些姿势时会手抖。他说一点不影响他，但是若注意看也颇明显。点烟、读报，动作里少少的神经质。也许因此他对自己的吸烟很自觉，节约地一天两三支，说是去掉嘴里的“医院味道”。老想戒，老戒不成。

我的阴暗面。他这么形容他的坏习惯。

我们的人生道路交错时，他二十九岁望三十，刚刚跟同居三年的女友经历了一次夹缠的分手，从沙沙里多搬回三藩市，且执业以来第一次被卷入医疗诉讼。我处于大学毕业与就业间，把三藩市当作中转站，住在父母的好友占米王家，在他的引介下认识星光，又在星光的引介下与占成为屋友——

奇怪我仍清楚记得他的样子，不同时刻的表情、眼神。蓝眼睛的蓝，金发覆额的笑。肩膀微倾的走路姿态。聊天聊到很晚的夜晚，他烟头上的微热小磁场。阳光笑脸让我想起秋收时节的玉米田——

他出生于密苏里州的西圣路易斯市，是浩曼家的第二个孩子。哥哥名叫米高，妹妹名叫珍妮花。父亲在农具生产公司任职主管，母亲是主妇。在密西西比河畔度过的童年，跟大部分中产白种小孩没太大分别。春天放风筝、夏日荡舟、冬季坐雪橇、每周做礼拜天弥撒。一直到他初中毕业，他对人生的最大意见，不过是他的吉他老师是个同性恋、哥哥的女友邦妮把他当小弟弟、妹妹的彻底唯心的路德教会信仰、母亲老要花时间剪存那些没用的折价券、父亲老要在人前炫耀浩曼家的巴伐利亚祖先怎样在亚美利坚一上岸就帮北方联军打了场胜仗——

有个晚上抓住我猛讲一个叫 JC 的人，听了半天才搞清楚是那个爱穿黑衣、到监狱里献唱的乡村民谣歌手 Johnny Cash。成长期的一件大事，是十三岁那年和米高和邦妮坐一天的灰狗巴士去纽约看他的卡纳基厅演唱会，米高在牛奶场做暑期工攒钱买的票，三个人冒着隆冬的冰风在那大都会闲逛一晚上，一起吃一条大热狗，在巴士站过夜，而他一夜不能成眠因为邦妮的一对丰乳就在他肩膀旁边，热烘烘熏着他像一对出炉面包——

JC 也有个哥哥你知道？他说。叫杰克。活到十五岁，给一个大锯子锯开两半。那个早上 JC 去溪边钓鱼，央杰克陪他去杰克不去，坚持去木厂做工。在医院弥留数日，葬在密西西比河畔公路附近的坟场。他父亲恨上 JC，对 JC 说为什么不是你死？你去玩你哥哥去做工！

他受不了米高死后，家里每个人把他当成替代品。受不了母亲眼神里的期待，妹妹眼神里的信赖，父亲眼神里那个“为什么是你活”的困惑——

该活的人是米高。全 A 生、全垒打球手、学生领袖。该是他这胸无大志的弟弟，中枪死在越南那个叫广信省的鬼地方！

反战游行、组乐团、吸大麻，叛家叛教那套都做过之后，为了逃离那个他形容为“背负太多过去”的家，入专校念了个呼吸治疗系文凭，考到治疗师执照，选择加州做他的执业地。

接踵又来个坏消息。在念大学二年级的珍妮花被确诊患白血病，需要休学治病。她没再回到学校，赋闲在家，读圣经。

我们是百无聊赖的一对，在那个嬉皮运动发轫的城市，交换童年阴影故事，比赛谁不快乐些、更消极些、谁的自毁倾向更地道些。当我告诉他说八岁目睹母亲抱着一瓶“滴露”想要喝下去的事，他告诉我说十七岁骑着哥哥的摩托车冲进密西西比河想淹死自己的事；当我向他引述“每个人有自己的地狱”，他向我引述“我们是空心人，我们是塞满草的人”。

第一次去金门桥，他说了第一个跳桥者的故事。四十七岁的一次大战退伍军人，有天来到桥上跟一个途人说，我到此为止了，便越栏往下跳。桥才启用三个月，尸体没找到。

我们刚好都是那阶段，谈生说死，舔着失恋的伤口。他说不完他的露易莎，我说不完我的蒋生。

他的伤口新鲜热辣些。爱尔兰裔单身妈妈，从圣地亚哥调职来，带着跟前夫生的四岁女儿艾比。他这部门里唯一的单身汉，被安排做新来同事的训导长。没多久，训导范围扩大到兼顾单身妈妈的各种紧急状况。迟到早退帮忙遮掩、调班替班、临时找不到保姆帮带小孩。别看医院里护士多如过江鲫，成熟的都已婚，刚从护士学校出来的都想找医生。他跟她渐渐都有了心，碰巧前后班值夜，交班后其中一方多待半个小时陪另一方，夜深人静又没那么忙，适合谈心。他喜欢小孩这点也给他加了分，没经过谁追谁的噜嗦便在一起了——

分手的诱因：金黄色葡萄球菌。冬天最冷最多雨时，大病房里爆发肺炎症，一个七十岁的女病人死亡。在助呼吸仪器验出金黄色葡萄球菌，与世无争的呼吸治疗部天翻地覆。全体人要接受验身、填问卷、问话。各式各样的检讨报告，各部门的救面子行动。

家属提出控告，他是被告人之一。我不是怪谁！他再三声明。我还没有蠢到不承认过失，如果真是我的过失！病房里交叉感染的机会那么高，经手人又不只一个，我向来是消毒唯恐不足的，当然我不是想把责任推给谁！不久就有谣言传到他耳里：露易莎挽着另一个男人逛商场。医院里的脑外科医生，正上位的新星。他没太意外，警号早已拉响多次，只是痛心是在他落难的时候。他的自毁欲又抬头，下意识会逛到金门桥畔去，几乎就希望败诉、丢执照、失业，让他有个更好的理由——

最要命是分手后还天天见面，同一部门做事躲也躲不开，她跟新男友的好好坏坏进展他都有第一手资料。随时一通电话叫他去当个临时保姆他总没办法 say no，就为了见一见艾比。接送上下学到她八岁，后来都喊他爸爸了——

"要心脏很强。"笑个带涩的笑。

有段日子两人合租沙沙里多第二街一栋公寓的顶楼，有海景。为了方便他出海搬去的，从经济角度看实在不精明。天天要过桥回三藩市上班，平白多负担一笔过桥费。有次一起去沙沙里多，他在我的要求下绕道第二街，指给我看是哪栋楼。在地势微倾的斜坡上，米黄外墙、绿色窗的四层高公寓。"云上的日子。"我说出他没说出口的话。

开始我脑海里淡入个一家三口窗前望海的景致，房地产广告里会有的美好家居画面，那女子没有五官细节，就是个存在。

听星光说是个美人。一头丝质的棕长发，瓜子脸不施脂粉，衣着朴素，有种天然随意的气质。他去过那公寓，在那里见过露易莎。那天穿一身白，衬托得人极美。吃到她亲手做的覆盆子松饼、焖牛肉马铃薯锅。那小女孩有张趣致圆脸，扎两条辫，戴副厚片子的视力矫正眼镜。温馨的一家三口。

他们会玩一种数军舰游戏，星光说。美苏冷战白热化那几年，海湾上尽是进出阿拉米达海军基地的军舰。星光说有次去他们正在玩，占给他解释玩法，谁先看到谁得分，潜水艇得分最高，航母次之，在客厅的挂墙黑板上记分数。他觉得这游戏有点无聊，在占的力邀下只好参加，四个人在一小时内数到四条军船，他暗暗骇然。

直到没多久前我才从星光那里听说那段海景公寓日子的续集。那小女孩被强奸，她一个人在家的时候。强奸犯很快被抓到，同栋楼的五十多岁独居男人，占和露易莎都认识，照过面打过招呼。事后两人大吵小吵，没完没了的谁对谁错。占气得很想揍那人，星光说。那阵子出海，听占说了整件事的始末，毛遂自荐做和事佬，没成功——

是这噩梦的结局超过他能承受的诚实程度，所以对我隐去了这段？

他多次鼓励我去纽约找蒋生。“我给你当车夫。”又说，“你怕他笑话你，说我是你的男朋友。”

我说人家结婚了也说不定，有小孩了也说不定。

蓝眼睛过敏地打量我："你写故事都是写他？"拆穿我的西洋镜。

做屋友的一年半，我们成为暂时的玩伴。聊天、听唱片、出游。

一天的开始，是我在客厅的松木大圆餐桌上铺开稿纸，伏在一角写。写写停停，日光从屋前往屋后移，听见外头有辆车咳咳咳干咳着停在门外车道，便屏息等待那栅门"呀"的一声响。门打开进来个人，湖水绿医院制服袍，或油布雨衣牛仔裤的打鱼郎装束。一股消毒药水味呛辣扑鼻，或鱼腥汗馊混合的体臭。他在家就有个人跟我做做饭、洗衣晾衣。或他跟我打对面坐，做账、整理邮件；或沙发上一躺半天翻杂志读报，怕吵了我耳里塞副耳机听棒球直播，忽然我像有个老伴共度阴晴——

相约出游，总是那么随意的一句："嘿，哪儿逛逛去！"

总是那辆一九六八年次的白色 Volvo 122，是他为了纪念猫王复出所以买那年份的，从圣路易斯开来加州，速度计不知哪年坏掉了又不修，所以从来不知自己的车速总是把车飙得四轮齐飞像《美国风情画》里的哈里逊·福特飙他的雪佛兰，车窗从来不关迎进山风海风，汽车音响总是调到最大声量轰轰烈烈狂播那一季的 billboard 流行歌——Uptown Girl... Making Love Out Of Nothing At All... Every Breath You Take... Total Eclipse Of The Heart... Beat It...

他惯用的说法是，杀时间。"两个寂寞想寻死的人结伴杀时间。"

如今想来都是幻觉了。那山水，那路，那笑语声，压缩在时间的螺旋管道里，突然一幕两幕或一句两句，清晰无比，黑暗中一闪，又没入黑暗。倘若抽取其中一截拉长，悬空，时间在自转，那两人重重复复做着同样的事，白垩色的长长S形径上，说说笑笑向山上行，我折了枝芒草当鞭子舞，他轻哼支歌——

或我们是在孤树坡上，小树下闲坐一下午，看桥景雾景、岛屿与帆影，看海上船来船往，在水面上写着字……

或我们向西开到太平洋，沿海旁路开到峭壁餐厅、海狮岩、苏图洛浴场遗址，停车熄匙片刻看日落或下车走沙滩，听海狮大合唱——

然后有天，他开始送我东西。花、巧克力、小玩意。

某夜半夜起来到厨房拿水喝，瞥见客厅有灯光，出去看见他坐在那张餐桌前，很专心写着什么。因为不想打扰，便站在走廊口没过去，看着灯光下他那左手写字的侧影，想着他也许在写信。他不时给珍妮花写封信。

隔天，从他手里接过那盘他自制的音乐带，才知道原来他那晚是在写目录标签。卡纸上，整齐字迹清楚列明歌名歌手，都是一起听歌时我说过喜欢的歌。我没想到他会为我花这工夫，记住我喜欢的歌，一首首录。

事情总是这样的。一切的轻，轻若鸿毛的轻——每一次的不经意、随机语、眼神接触、轻握手，最终都会黏附在一个想象上，像个星球缓转，年深月久成为一份沉沉的、沉沉的、重。一份沉重的想念在心底。

不知那些唱片哪里去了？那些他历年珍藏、我们听了一夜又一夜的。那些彼得·贝拉美、凯蒂·吴尔芙、冰斗二重唱、柴尔德民谣、华伦天奴，从他房间泛滥到客厅。那台他母亲珍爱的、古老木盒子式唱机呢？那个久已不弹的木吉他呢？他说过某部分的他仍然是那个陪外祖母听《路易西安纳禾车游》、乡间小路上骑着单车吹口哨哼歌的小男孩，虽然人走出了乡村，听歌品味却走不出乡村。而我总是记得初次听海豹人歌谣的那夜，听着那流水吉他声、那诉说陆地女子爱上海豹人的男女合唱声，曾有一刻，我们是快乐的。

冬天，我们一起去了一次长途旅行，开车到伊利诺州圣路易斯市他父母家过圣诞，和浩曼先生、浩曼太太、珍妮花，共度了几天。

取道他一直梦想走一趟的 66 号州际路，沿 1 号公路南下，换 5 号到洛杉矶，换 15 号到阿拉斯加，东行穿过大峡谷，南下，折东，沿 66 号州际向日出的方向进发，横跨阿里桑娜、新墨西哥、德萨斯、俄克拉荷马、坎萨斯。车子开过一哩又一哩，开过油站、汽车旅馆、麦当劳黄色大 M；车窗外的美国现代蛮荒画面，是戴维连治或高安兄弟的电影里的、是爱德华·霍普或艾德·若夏的画里的、是杰克·凯洛瑞克的《在路上》里的——

他戏剧性地向我提出假结婚，是路上最后一个早晨，在坎萨斯州边界的旅馆餐厅吃早餐的时候。我们坐在窗边卡座，化学喷雾装饰的窗玻璃雪景外面，是冷清行人道的隔夜雪。店里圣诞歌飘扬，顾客都喜气洋洋，是过节的气氛。女服务员端来热腾腾的热煎饼和农夫早餐，大家重新分配，他给我鸡蛋我给他饼。他叫了杯应节的eggnog，一边喝一边呻吟呃唷唷好好喝哟，递到我面前让我尝。“尝尝看，很香。”我尝一口，做个鬼脸，说像加糖的油漆。他笑那玉米田的笑，好像没经思索就说：“做屋友下去好吗？我给你办张绿卡。”

又说：“回程到拉斯维加斯办个结婚证书，马上就拿到不用排期，再拣日子行婚礼就可以，这样你可以一直待在这里写你的故事。”

我狂喜。仅仅为了他这话，也愿意爱上他。

“我们会是很好的一对，双子跟射手——”

我相信，我说。

“我们会很开心的。”

我相信，我说。

“经过俄克拉荷马州时你不是说，要买个油站在这里终老？”

经过大峡谷时我也曾说：“我死了把我葬这里，竖个十字架就可以。”——公路上的狂想。

“当然你可能舍不得你的父母。”

“考虑几天可以吗？”

“是东方人 say no 的方式吗？”

我无言，看着他的笑容消失，像看着太阳落山。

是他先看见的。看，下雪了，他说。一天空的柳絮雪无声飘，一下子这世界好安静，只有圣诞歌在唱。

我没想到会受到浩曼一家那么隆重的接待。浩曼太太为我准备了极干净舒适的客房，床铺没一丝皱纹，鹅绒被的被套与枕套是一式的素淡花枝图案，一对枕头拢得高高并在床头，上面不偏不倚斜放一个心形小靠垫。房里到处残留着一个男生的痕迹，棒球用具、棒球明星海报。米高生前的房间？浩曼太太有种温室玫瑰的气质，衣着发型都光鲜讲究，发福了仍然保持少女的嗓音神态，打破了我对美国主妇的先入为主印象。

浩曼先生是彬彬有礼的老派人，很和蔼，谈吐机敏。两年前退休在家，时间奉献给看电视读报。二战时当过兵，十分关心旧日同袍，特别是那些因战致残的，常写信联络。

满客厅是生活照，人站在厅里是被照片包围。大部分是米高的。军装、挥棒球棒、领奖杯奖牌的。全家福有好几张，占杵在后排突出个头，这家庭的黑羊。有一张是他小时候，十二岁的金发嫩脸男生，在冰河上溜冰，红围巾的穗子在肩后扬起，笑容灿烂。忽然我像看见了他的快乐原形，那么活生生，仿佛我看见的不是照片是真人。

珍妮花那年三十岁，瘦不盈握，大眼睛很慧黠，过来拉我的手说：“别看我长得像小朋友，我比你大。”有机会聊天时，又悄悄对我说：“占离家后没带过女朋友回家，你是头一个。”

第二天一早去上坟。是早上起来到厨房看见浩曼太太在做烟肉蛋早餐、她告诉我今天的节目我才知道。不知是母子商议好由她开口，还是看见我趁机说起。四天三夜的路途上，占提都没提过。要开一个半小时车到一个叫春田的镇，大概那车子很久没挤进过五个人，中间夹着个陌生人，也没谁觉得不自然。路上前座两个男的谈男人的话题，后座母女俩话家常。

树林与草地铺展出来的大花园一样的坟场，春天草长花开时想必极美。车子一直往里开了很长一段，下了车，占拿着鲜花，一行人步过枯林，踏过结霜的硬泥地，穿过错落的灰碑白碑。想必占每次回来都来一趟，这回有五年没来过。我也不觉得是给陌生人上坟，倒像是旧识。来到一株树下的灰碑前，只见上面刻着米高的姓名、生卒年月日。占献花，大家默祷。

平安夜去河畔一家河船改装的餐厅吃圣诞餐。出发前他西装笔挺来到我房间，我几乎不认识他，完全为他倾倒。他替我张罗了几条裙子。珍妮花的童装大码太小，浩曼太太高矮跟我差不多，发福前的尺码竟是很合身。我挑了一件暗红绒料子的，配我的白毛衣，穿衣镜前左照右照。

“你穿裙子好好看，该多穿裙子。”占说。

我望望镜中并立的两人。“你爸妈觉得我怎样？”

“觉得你好，都喜欢你。”他说。

“撒谎精。”我笑。

要通过登船板登上餐厅。里面是简朴的木材装潢，壁炉生着火，有现场乐队演奏，体型惊人的女黑人歌手唱爵士圣诗。烛光下只见红花绿叶的装饰中闪着五套亮银餐具，不由得心情一阵激荡。浩曼先生领经念餐前祷文，几句而毕。我第一次吃正式的美国传统圣诞餐。豆汤、烤填塞火鸡配蔓越梅酱、甜薯茸、杏仁片豆角、沙拉和玉米面包。甜品是核桃派。最后有个开坚果仪式。侍应送来一篮坚果，绑着绸带的夹子。浩曼先生叫了瓶德国丽斯玲，喝得脸通红，向我举杯：“欢迎我们的东方来客！”

次日去游大拱门景点。逢假期又是晴天，游人如鲫。我回头找浩曼先生他们，都走得没影儿了。占领着我坐缆车到拱门顶端，趴在那些倾斜的窗前看景，一望无涯的白色平原。曾经这里是国境的边界，开辟大西部的长征路起点。占说春天你来，我带你坐河船，马克吐温时代的桨叶轮船，好几条船同时鸣笛的场面很壮观呢，我就想象大河上十几二十支烟囱喷着白烟，船笛声此起彼落嘶嗡嗡嘶嗡嗡——

除夕夜，北极冷锋袭境的零下天气里，占领着我走过一段用手电照明的深黑树林里的路，去到河畔他儿时与米高玩掷球捕球的那片林中空地。树都结了冰，桠杈的冰枝伸向夜空，只见前面一水横流，缓缓向下游移动，河面漂着的浮冰，倾侧间彼此互击发出酒杯相碰般的叮叮声。两岸人家的灯火、除夕狂欢派对的人们的带着醉意的叫嚣，忽然只觉距离我们好远好远。他把我裹在他大衣里我还是抖，两人牙齿打战说“来这里倒数实在不是好主意”。其实根本用不着他的收音机，风吹来了这里那里的子夜弥撒钟声，然后便听见某处的集体倒数声越过水面荡来，十、九、八、七、六、五、四——天空炸开了烟花，远处马路的汽车喇叭声大作，他带来的收音机播起“Auld Lang Syne”，我俩热泪盈眶相拥互祝新年快乐迎来了一九八五——

回加州后我给浩曼家寄了张卡，感谢他们的热情招待。珍妮花做代表回了信，信末说：“快点再来，这位老姐姐不耐等待。”

我常会想起他们，那可亲而寡言的一家。浩曼先生与儿子见面和送别都只是握手，跟我却两次都拥抱，尤其临别那个持久的拥抱很令我动容。我感觉到当中寄予的期盼和补偿作用，感到不忍。假如我会成为占的妻，也许可以为这位老人家做点事，但我知道他的希望将落空。

珍妮花在一九八九年因癌症复发过世，而据我所知，浩曼夫妇直至一九九九年都还健在。占去世时，他们是否还在世，则无从知悉。

我没有占的照片。他有部小徕卡相机，但是每次出门都是那么急风烈火，老是忘记带着相机拍照。浩曼先生给我们拍过张合照，在同游圣路易斯大拱门那天。晴朗的阳光天，我穿着一件白色毛衣，长头发束了条马尾，占是他平常的皮夹克牛仔裤装束，我们并坐杰佛逊广场前面的草地上，浩曼先生非常用心取景要把大拱门摄入镜头，或许是这缘故，大拱门非常清晰，前景的两人却面目模糊，只能从轮廓辨识出是一男一女。

Jim and Jill，谋杀时间的共犯。

那盘音乐带后来不慎遗失，《印度情诗》则一直在我书架上。占喜欢背诵集子里的那首《柚树林》，特别是那有名的几句："去爱，去活，去接受命运或众神，所可能给予的，不提问，不祈祷……"

4

据星光说，我离开美国后，占在那个日落区单位又继续住了好几年。那是他赶修渔船、挣扎求存的年头，没太大动力找朋友。两人保持着密度不高的一年两三通电话的联系。通常星光主动，为四宝的事征询意见，或占生日，照老例给他贺寿。偶尔因事去找阿乐，顺道会到楼下敲门看看占在不在家，聊两句。

占稳守他在医院的呼吸治疗部岗位，经历那个部门所能提供的加薪和升迁。大概后来又静极思动，有回跟星光说，他找到去东南亚的便宜机票。有种专递公司会雇人带货，没有薪水，免费来回机票或折价机票便是酬金。完全正当的。通常是顾客要求人手带、因种种原因不想通过邮递的物品。贵重品、古董之类。他都是利用这些机会旅游东南亚，后来索性做起小生意，在那边购货，带回来这边卖，赚货物跟外币差价。星光记得他刚开始是做金玉首饰，带回来卖给医院的同事。后来发现一种电箱线路板在这边有市场，卖给建筑商做建材，成功打开了建材批发的路。想是在这样的一次旅行中认识慕昂的，他的泰国籍太太。

突然，占便脱离了他的雷达网。有天他见到阿乐，阿乐问他有没有占的新住址，他才知道占搬了家。阿乐将一叠寄到旧址的占的邮件都交给了他，拜托他转交。星光打电话去旧号码发现号码失效，于是致电医院，留言请他覆电，说是有他的旧址邮件待领。没有回音。他把邮件搁一边，一搁就许多年。

为什么不去医院找他？把邮件拿去给他？留在柜台？我忍不住问。星光说了一堆理由：犯不着赔时间、油钱。不知道当值时间，难道在门口等？邮件可能有他的隐私资料，交给外人怎么行？……

郑父生前曾在那家医院工作，任职医疗仪器维修技工。是郑父先和占交上朋友，星光才认识占。

关于郑父是怎样来到医院，占跟我说过个故事："医院里原来有个老技工，德国人，做了四十年，每天嘀咕着要找接班人，把一身技艺传给那个人，可是找了好久找不到。医院帮他发广告，同事们都帮忙留意，但老人家视这工作为天职，要求人品好技术好，又要谦虚肯学，来应征过的都不满意，许多年没着落，只好撑持着一副老骨头每天来上班。有天，他带了个人来跟大家宣布，嘿，我找到徒弟了！大家一看，是个五十多岁的中国汉子。虽是牛高马大相貌堂堂，年纪太大了点，两人站在一起是两个伯伯。但那老家伙执意要交棒给他，私底下已将衣钵传给那个人，包括他的工具包工具箱。那人便是星光的父亲，大家尊称他 Uncle Jeng。”

没见过那么好的人，占说。和气，乐天，什么事不计较，十二分的敬业乐业，却一点不死板，半桶水的英语没妨碍他跟同事们打成一片。爱跳舞、爱钓鱼，让那些洋人同事都跌眼镜，原来黄面孔唐人也有顽童性格。

他那时还是部门里的新人，机器一出问题就去找郑父。郑父跟他投缘，每到呼吸治疗部来便呼叫：“我的美国儿子呢！”有天跑来跟占说：“我买了条船，咱父子俩钓鱼去！”占便应约去，就这样认识了郑家的老三星光。三个人驾舟到近岸海域，法拉伦群岛，或往北去到雷斯角。钓到了鱼，拿到市场上卖，钱大家分，真爽！那条船叫水花，十六呎的玻璃纤维船，占说起那段和郑父钓鱼的日子都是说“水花的日子”。

郑父八三年因肺癌病故的时候，星光已是个职业渔夫。自从两年前在联合航空的大裁员中被停职，他觉得在大机构中做事太被动，开始为转行铺路，说服占也加入，投了点钱，合买了条三十八呎的围网船，打起鱼来。这条船叫做四宝。

这时期两人是亲密战友，在那大海上驾船来去，一人控船一人控渔绳，回来在沙沙里多的渔坞靠岸，把鱼卖给岸上的海产批发公司。三到十月捕鲑鱼，八到十一月捕鳕鱼，十一到三月捕底栖鱼。起码初期，两人是合作无间的。

我认识他们时，合作关系已近尾声。印象里星光是那个能力强、照顾大局的哥哥，机械与驾驶都在行。占是那个敏感偏执、凡事倚仗哥哥的弟弟，背地里嘲笑星光是“永恒的修补佬”。修船，修房，修车，什么破凳子破绳子都拿来修。好几次跟占混到很晚离开渔坞，看见星光还在船上忙，我总忍不住回头望那盏孤灯，昏黄的光像是船上的人的心情。

事情后来的发展，用占的话来说，是“星光发了神经病”。

他买了条五十二呎大船，要把它改造成高性能船，开始把时间放在这件大工程上，栽大钱买仪器，靠自己的一双手逐寸翻新，以一个休闲钓鱼出身的渔夫来说，是闻所未闻的事。

假日钓鱼乐演变成这局面，占讲起来有点悚然：“这家伙！越玩越疯！”似乎觉得上了星光的当。

“没人跟他讲一下？”我说。

“谁敢泼这个冷水，他自以为天才，听过谁的？”

兄弟档形同拆伙。占不无怨言，但他一向有独当一面的欲望，拜形势所赐终于有了机会，硬着头皮迎接了单人独舟出海的挑战。

四宝考验了这对好友的友情。占常抱怨船不好，怪星光充内行，“花两万块买个大废物”。四宝是条木头船，船体矮又笨重，影响了速度，横摇力又大，稍有点浪就乱晃，又动不动要修理。只有一样好，船尾设有驾驶轮，上面有个罗盘感应系统可自动感应事先默认的航向，人在船尾可以同时控船跟钓鱼，一个人操作没问题。可是要同时兼顾两样事，毕竟很难冲到高效率。偏偏那两年闹了场厉害的“圣婴”，加州有史以来最强的，雨多，水温高，极不利捕鱼，又没有星光的机械知识作后盾，机械一出问题就伤脑筋，整体上是令人失望的经验。

星光为了攒钱修船，一度到阿拉米达海军基地做兼职，半年后回来，看见四宝被扔在码头生锈，成了块烂铁。找占问，他说引擎死掉了，他不会修，除了等他回来没办法，耸耸肩，一副不关他事的样子。

星光没太放在心上。别人把机械方面的问题丢给他，他早已习以为常。刚买到四宝时要大整修，都是他做，占也没帮过一次忙。那条船无疑是个大败笔，但他归咎于第一次买船没经验。投资自然有风险，收成有好有坏。当初邀占参股，完全是因为知道他想储钱结婚，他又不是没尝过景气时期的甜头。圣婴那时候，就连史提芬这样的老经验渔夫都经常空手回，难道这笔账也算在他头上?

四宝的引擎修了一笔大额的钱，占拖着不付，星光出海照样约他。有次交割过一批鲑鱼，去领了钱，当场跟他讨引擎的钱他才付了。卖四宝的时候，占已退出捕鱼多时，不知打哪里听到了消息，没等他通知就主动联络。他把卖船所得的一半付给他，两人去喝了杯咖啡，握手而别。

在沙沙里多巧遇史提芬，得知占的手机号码后，因为忙，过了半年才打电话，约时间去拜访。两位老友历经了交好、亲密合作、疏远、十数年久别的各阶段，在日落区第三十六街的一幢房子里重逢。

是占自己来开门。很高兴看见他，又握手又拥抱。星光不用问就知道房子是租的，月租大约千五到千八。门前那辆万事达是二手的。以占的薪水只能这样。以一个从事护理工作的人来说，成绩算相当不俗。占看来自信成熟得多，显然家庭生活很适合他。

屋里布置简单，打理得清爽洁净。占告诉他说是三年前慕昂来美国那年搬来这里。

慕昂在二楼一个小房间带小孩玩。匆匆一瞥的印象，是个三十多岁的瘦小安静的人，听见占介绍她便笑个露齿的笑，牙很白，头发垂肩。那小孩大约三四岁，好漂亮的混血小男孩。

两个男人到隔壁的起居间坐，喝茶聊别后状况。窗户面对车来车往的大马路，有排树隔掉噪音，关上窗倒不觉吵。星光赞他气色好，恭喜他终于成家。他真心为老友高兴，很欣慰旧日好友走到人生这一步，有个这么舒适温暖的家。占很高兴，说做爸爸的心情很奇妙，人生观完全改变。努力多年没戒断的烟瘾，一听说慕昂怀了小孩便戒断。

怎会提起保险的？他忘了是什么东西触动他。这样完美的日子，照理不该有灰色思想侵入脑海。也许是他看见小孩还那么小，慕昂才来美国没几年，还没有独立能力。这些年跑保险他见过太多，不未雨绸缪，抱着侥幸之心，一旦发生事故，立刻便水深火热。不过是闲谈中随口问了一句，问占有没有买寿险，纯粹是朋友身份的善意探询。

听占说没有，他开始发表对保险的感想，大概又犯了忘形的老毛病，探手进公文包取出资料简册递过去。占不接，他才意识到他的“心得分享”可能越了界。

星光在不同场合的叙述里，分别用过“冷流”“空气墙”“敌意”等词汇，来形容他那一刻所感受到的，自对方身上释出的拒绝讯息。

“一股冷流从他身上辐射出来。”又有次说：“像有堵空气墙在中间，感觉不到他在想什么。”

立刻告退会更僵，只好用闲话打岔。似乎那天他才第一次察觉，他和占的友谊不如他所想的完好无缺。它已经有了裂痕，而且裂痕可能已存在很久。勉强又坐了一会，看见天色发暗，便起身告辞。

在我听来，如果这里面有误会，几乎从一开始就注定要发生。

我问星光那天是穿什么衣服去的。他说他刚刚去见过一个客户，所以是穿着平日见客的西装皮鞋，提公事包。换言之，一个推销员或白领工作者的装束。因为包里有客户的隐私资料，所以他养成习惯从来不把公事包留在车内。

“难怪占误会，你一副经纪的样子上门。”我语带批判。

“我是个经纪呀。”星光大条道理反驳，“难道我去看个老朋友要回家先换衣服？我怎么知道他会误会？我又不能读脑，我没法控制别人怎么想。我只能诚实地做我自己，别人同不同意管它的。要是他认为我是想赚朋友钱的那种人，不管我穿什么、说什么，他照样会那么想，根本在见到我之前他就打定了主意，我是来向他推销的。而现在我只后悔，我没有当一个更好的推销员。”

他是奥格·曼狄诺的信徒，特别是那本畅销全球的《世上最伟大的推销员》。穿州过省跑保单的日子，车子里一遍遍播着这部书的有声书。他寄过一套给我，事实上是讲人生道理的励志书，而根据这本书，最伟大的推销员是耶稣。但他一再强调那天去占家是纯友情探访，没有半点推销的意图。

占是怎么拒绝你的？我问星光。那一刻的敌意，难道没有用过一句话来表达？

星光起初断然说不记得有，不记得有说什么特别的话。

只是肢体语言？只是表情不对劲？我打破砂盆问。

依我猜想一定有说过什么，哪怕一句两句。

星光花了点时间终于想起来。“他说：‘一个人的事是他自己的事。’是这么说的。”

一个人的事是他自己的事。

忽然我像听见了遗言。这是占会说的话，完完全全是他的话。

送客时，占领星光绕到后院，让他看他种的柠檬树。他认得是梅尔的品种，还很幼小，已经在结果。占心情很好地讲他的种树心得，似乎已忘记先前的小小不快。慕昂抱着小孩从屋里出来，占接过小孩来抱。黄昏的院子起了风，两个老友站在那树侧又聊了一刻钟。星光想起来对占说，下个月你生日，跟你庆生？去吃中国点心？占说好啊，好久没饮茶，让小孩也尝尝中国点心。两人说好打电话约时间，占送他到外面的行人道，向他挥手，一直还抱着那小孩——

几星期后，他死了。

海豹人穿回他的皮，回海洋去了——

始终我没告诉过星光，占来香港找过我。

5

那是一九九九年，小汶被确诊患癌的那年。

那天我和占共度一个上午、依依惜别之后，回到医院陪伴正留医的小汶，见到她就忍不住伏在她床头哭。本来该是小汶对我哭，但是自从听到诊断报告那天，她就没哭过，都是我在哭。

小汶说你又哭啥呀，是不是医生说了什么。我谎称是去翻译公司见工，当场考试没过关。虽然很想把真相告诉小汶，但她一定又要说，是她害我耽误了大好光阴。我们之间已经有过许多这类的对话，她说“我不需要你陪，你去忙你的事”，而我说“是我需要你陪，我是在忙我的事”。诸如此类。

医院里漫长无边的日子里，每周陪小汶打化疗点滴，望着薄扶林山上的云彩变幻，那个加州海岸的事已是那样的遥不可忆。我像是活过了几生几世，而我和那个西方男生的事已是另一个人生的事。而随着地球的向东旋动，我旋到了这次的人生。

日复一日的场景切换，是我和小汶病房外的长廊上走来走去小小声聊着各种事，是我和小汶在下午的幽静病房下一盘波子棋，是我赶完翻译拎着各种零嘴搭两程车来陪她一下午，是拿到出院纸那天，冲过一个个红灯过马路，来不及的要去说了好久要去的某料理店、某日本超市、某大减价时装店——

小学一年级第一天上学，老师安排我们坐隔壁座。两个人都是梳两条辫子，但我的辫子光溜些，校服平直些。她问我是不是佣人熨的，我说是。她说她姓简，简爱的简，而我那时候还没读过《简爱》。

太空人都已经登陆月球了，她家才装电话，约好晚上八点整我拨电话给她，我当美国总统她当航天员。我的台词是："杭思朗，你在上面看见了什么？"她的台词是："总统先生，我看见了天堂。"

我们同出同进，同喝一支麦精维他奶，同吃一份牛肉三明治。她羡慕我家住九龙塘，房子像粤语片里的"花园洋房"；我羡慕她家住旧式唐楼，房子像鬼屋。我羡慕她英文好，已经能读整本的英文小说；她羡慕我会说普通话，像邵氏明星。

她十一岁遭逢父母的离异，之后又因为他们各自找到对象再婚而成为不受欢迎的畸零人。两个家庭加起来有五个弟妹，只有比她小八岁的叫做小健的亲弟弟跟她亲。因性子倔，不得父母欢心，在两个家庭间当人肉皮球到十七岁，被送到英国念寄宿学校，从此没跟亲生父母同住过。力争上游入读伦敦大学法律学院，没毕业便被猎头公司猎中，回香港在一家外资大律师行当大状。因表现出色，被重用，薪资跳着长。一九九八年在年度的例行身体检查发现胃部有小瘤，恶性，做手术切除。复元后照常上班，只有顶头上司与同居男友知情。一年后复发，病灶转移到腹腔，是个无法做手术的部位，化疗是唯一办法。她递了辞职信，要求上司保密，花一个月训练亲密助手处理交接，在同事可以帮她开欢送会之前，悄无声息离开了公司。关于与男友分手的事，她只淡淡说了句“我正愁没借口”。

我陪她看医生，做治疗，听各种相关讲座。病情在化疗后得到缓解，小汶退掉原来与男友合租的西环房子，搬来我在湾仔觅得的小公寓与我同住。

那是时时刻刻面对恐惧、时时刻刻努力忘忧的日子。小汶的历年积蓄用来负担租金和医药费，加上她在职时凑兴买的优质股，可用作不时之需的储备金。我做翻译得来的收入用来应付日常开销，就是省吃俭用也只是仅仅够，常要从小汶的账户挪款补贴，使我非常愧疚。

公寓就在湾仔街市旁边，我常在傍晚减价促销时去买菜，小汶若有兴致或精神也同去，鱼档菜档间逛来逛去拣鱼拣菜，被那些菜贩误认是姊妹时总是非常开心。当被问“谁是家姐？”我总认作是姐，因为我比小汶早出生半个月。而那些令我大恐慌的时刻，比如小汶受寒染疾、发烧不退或腹泻呕吐不知要不要送急诊好，每次发生都让我一颗心冷掉半截地想，是了，这就是了。而小汶总是微笑安慰我说没事没事，她有九条命，而我们像是受灵咒保护般竟次次渡劫。

在充斥药物、看诊、单调饮食的病人生活中，娱乐是最大笔消费。外吃、逛商场购物、买书买影碟。有阵子银行存款跌近底线，为增加收入，小汶想出接法律文件来译的主意。法律文章都是那套，勤力查谷歌，上网多读点法律八股，又有小汶替我把关，无论如何值得一试。小汶开始打电话联络旧日同事，议价钱谈条件，顺利促成我入行。我喜欢上这工作，特别是译那些上诉呈文，读来像电视伦理剧的情节，是小民人生。

赶稿至深夜的那些夜晚，写着译着，那另一个我会出来。那个被悲观主宰、噩梦世界里的我。据说癌细胞在夜间特别活跃，它们正在施暴吗？分裂着增生着？像支庞然大军，深入腹地，建立殖民？宇宙里有些什么？小窗外，被楼角切割成不规则几何形的那片天，海底样黑。底下，万户千门都紧闭。可清楚听见客厅挂钟的响亮滴答，倒数着这飓风眼里的时间。小楼里的晨昏，小汶的安详鼻息，滴答滴答，滴答滴答。

“钟敲十三点。”——《一九八四》里的大洋国时钟。

是多久以前的事了？一世纪？两世纪？

在那遥远的从前从前，我们拥有年轻美好的形体。

我们形象可亲，笑声说话声，清晰嘹亮。

我们的身体舒展，坐卧，休憩。

我们阅读，唱歌，谈天说地。

我们约会，念诗，订盟誓。

十五岁那年的暑假，校园的凤凰花开得闹丽时，我和小汶每周两天起个早回到学校游个早泳，然后散步走过学校后面的洋紫荆林，越过一段斜坡去到一幢古色古香的校舍建筑，到指定的课室，或如果天气好就在有盖操场，听黄老师或周老师讲一个小时的作家与作品，之后是半个小时的自由讨论。两间兄妹学校的中文学会第一次联办的读书会，经费所限，节录出来的文章油印在纸张上，用订书机钉成一叠，拿在手上仿佛拿着一份契约书一样的。《边城》《生死场》《骆驼祥子》《寂寞的十七岁》《撒哈拉的故事》《都市诗钞》——

那些有着奇特名字的作家，不管是已故或在世的、南来此城或孤岛上的，对于我和小汶都是奥林匹克斯山上的众神一样的。散会后满胸胀痛着那天读过的字句，走过鱼木树盛开着灿烂白花的窝打老道，齐声诵着“我是天空里的一片云，偶然投影在你的波心”，或是在七号巴士上摇晃穿过弥敦道，动情地念着“那红花绿叶虽早化作了泥尘，但坟墓里终长留着青春的痕迹，它会在黄土里放射生的消息”，心急着要马上到旺角的田园书屋或尖沙咀的文艺书屋买当天读过的作家的书，两人合买一本限定三天后给对方，都觉得把暑期零用钱花在买书上是最罗曼蒂克的事，就算把去“别不同”吃杏仁豆腐花的钱都花掉也在所不惜，仿佛我们是萧红和萧军在为了文学过苦日子了。

而就在那夏天，我和小汶都开始写文章投稿。在我家或小汶家，写好一篇分别封在黄信封里，走到我家或她家路口的救火车红的直立式邮筒边，几度要投又几度迟疑，终于想了个交换稿件互相代投的办法。于是彼此勉励着深吸一口气将信封一扔扔进邮筒的大嘴巴，而没有比那松手的一刻更让人心惊胆裂的，想象着那两个装载沉甸甸稿件的信封荡悠悠坠下万丈深渊，走路回家时紧紧手拉手仿佛是要借彼此之力止住下坠之势。

暑假结束时，我心里有了个人。

有个男生的名字在心头转，有个秘密不告诉小汶，在我是新鲜的经验。并不因为读书会结束，就少听见他的名字，因为他就是那种名字会传开来的男生，是女生会说他长得像某日本片集演员、给他起个浑号叫“森田健作”的男生。中文学会开会，会听见大家讲八卦说师兄校的才艺晚会的话剧是他演男主角，又说有人看见他跟本校的某女生一起等巴士。读书会上总是他负责派发那些油印纸张，无人肯举手发言时老师喜欢点名叫他发言，立刻你会感觉所有在场女生的屏息静待令到课室里的空气变了质，而我和小汶都冷眼认定那几个后来插班加入的女生是为了他才来参加读书会的，背地里笑他要像那个晋朝的卫玠被看杀。

期中考过后，校际征文比赛颁奖典礼的春初夜晚，我第一次和蒋明经说话。在台下又兴奋又忐忑等待领奖，顾着和陪我来的小汶咬耳朵，便没注意他也在场。听见司仪开始念小说初级组的得奖者名单，紧张等待“金洁儿”三字被念，却听见“蒋明经”三字透过司仪的麦克风在那礼堂传开，和小汶相视后四顾，一颗心怦怦怦撞起来，便看见我身后那排有个男生起身上台领奖，才知道原来他就坐在我斜后方。紧接就听见司仪念我的名字，慌忙起身，糊里糊涂领了奖回到座位，蒋明经从后面凑过来说：“原来我们都是优异奖。”有点高兴似的。

马上又凑过来小声说：“你优，我异。”我噗嗤的笑出声。

散场后，三个人一起步出会场来到春风轻吹着的校园，微微拂荡的树影下走过，我和蒋明经同时拆开不用猜就知道是书的奖品。包装纸嘁哩嚓嘞，撕开来，他那本是《张爱玲短篇小说集》，我那本是雨果的《悲惨世界》。也许我流露了失望的神色，蒋明经立刻说：“这本我看过了，我们交换？你看完再还我？”于是各自在书的前页上写下电话号码——

是有了年纪才知道，不因为当时年少，就痛苦少痛些，伤害少伤些。或许，正因为当时年少，那么多前所未知的感觉都是第一次。第一次心跳、第一次焚烧、第一次煎熬……第一次思念。

读书会在那年暑假又办起来。总是散会后三个人同去看场电影、去冰室喝红豆冰、去书店去图书馆。是读诗成癖、写诗成瘾、欲说还休的强说愁岁月。也是背着小汶暗中和蒋明经传递小诗小词纸条、熬夜讲电话的罪恶感时刻。

去浅水湾那天，我和小汶和蒋明经，放了学搭渡轮又搭巴士晃过黄泥涌峡道，只因为刚刚读过张爱玲的《倾城之恋》就约定了要去找那堵墙，凭着小说里“桥那边是山，桥这边是一堵灰砖砌成的墙壁，拦住了这边的山”的单薄线索，走遍了浅水湾酒店一带，嘻嘻哈哈互相提场背诵：“有一天，我们的文明整个的毁掉了，什么都完了——烧完了、炸完了、坍完了——”

又闹着说要去找萧红墓就走到了沙滩上，从东头走到西头又走回来，找了一会找不着也就算了，脱了鞋玩水，跟浪潮比快，捡贝壳，玩到日落西山。有一刻，小汶趁着蒋明经走开了就拉住我悄悄说：“你觉得蒋明经对我怎样？”——

我想我一定是感到极大的刺激，因为这句话是那么深印脑海，包括我当时的虚与委蛇的回应：“你怎么不自己问他？”

人是重复犯错的动物，新的错垒在上一个错上，错错相因。

新学期，我们是要迎战会考的中五生，心情有如面临末日。自从浅水湾那天，小汶没有再提蒋生的事，我也心虚没问，怕一个不好鼓励了她，或暴露了自己的心思。是心魔作祟吗？似乎她跟蒋生一天比一天要好，我一天比一天不安。

学期中，小汶大大出了次风头，跟“杀风景”三个字有关。

有天上班导课，班主任向全班宣布，外语学生除外的学生，上午的三堂课在进行时，被叫到名字的学生请前往校长室，校长想见见我们。不用紧张，只是例行的意见征询，老老实实回答就好，回来不要影响其他同学，直到所有同学都见过校长才可以公开讨论。

我们立刻都大为紧张。但是看见那些先被叫到的同学回来，尽管有的神情严肃，也有的神态自若，甚至脸露笑容，渐渐都放松了心情。消息传了开来，是教我们国文的舒老师惹了麻烦，被投诉言论涉不雅。我们那学校有名的校风开放，颇能容忍一些不按章法教学的教师，然而舒老师已经不是第一次挨投诉。事后大家都传，是有同学回家向家长告发，由家长出面告到校长室，校方才不得不严肃处理。

事后大家对过稿，问话过程大同小异。先是闲谈式的开场白，鼓励发表对舒老师的大体印象。喜欢他的课吗？喜欢什么不喜欢什么？对进度满意吗？渐进式将话题引到两星期前那一课，有什么特别记忆？舒老师是不是跟一个同学口角？因为什么记得吗？最后那部分才是针对性的问，你认为舒老师的言论是否“涉不雅”？你认为有过分的地方吗？有没有曾经令你不安？有没有在任何时候提及下列的字眼或词汇？……

我猜包括我在内的大多数同学的回答方案都差不多。能老实的部分尽可能老实交代，不能老实的部分便说些诸如不记得、不觉得、记不清楚之类的泛泛之词。至于小汶的惊人答案是怎么外传的，大家都猜可能是当时也列席的学生会会长列姬儿。要不就是那个负责做会议记录的校务处秘书宋小姐，平常跟学生很要好的。其他在场者——校长、副校长、国文科主任周老师、人事科的伍老师，都不太可能外传。还有那个负责念词汇清单的官员模样的陌生男人，就根本不是校内的人。

全班三十七个非外语学生，三十七张嘴吱喳议论，很快整个洋紫荆林校圈都哄传我们学校出了桩“杀风景”风波和一个“不怕死”的女生。集合各版本所得，小汶的答案大致是这样：“舒老师那天是从唐代流行的杂记文体讲起，讨论文人抒发己见的手法，举了一些例子。其中一个例子是唐代人著的《义山杂纂》，里面关于十样杀风景事的一段很有名，舒老师就顺便讲了这典故，同学都听得很有趣，讲到第五项‘花下晒裈’，因为‘裈’字跟‘裤’字写法相近，很容易混淆，舒老师就解释了这个字，有个同学指出说老师讲得‘太清楚’，舒老师回答说‘学不厌精’，只交换了这两句。我个人觉得得益不浅，至少学会了‘杀风景’这句话，比如说讨论学问本是很好的事，却要像犯人一样被审问，就变成‘杀风景’了。”

我私底下问小汶，这版本有多少真实性。她哈哈笑说有可能吗？她有可能那么大胆吗？而且公然包庇舒老师？我有点气她连对我这个知心朋友都不说真话，要不就是耍清高。当事件尚在喧哗聒噪之际，舒老师默默请辞，听说后来回母校任教了。

蒋明经也风闻小汶的威水史，有次约我们出来，他的见面招呼是：“嘿，两位才女！”——

以前，只我一个被叫才女。

曾经我们在彼此的纪念册上写下“友谊永固”“珍惜好知己”的字句，也真心相信着。可是断裂说来就来了。不管多少年过去，洋紫荆树下的对话，是我心头的结。事情怎会演变成那样的？那些明明是违心的话，是怎样从我嘴里一句句跑出来的？

那天，我和小汶如常在食堂吃过午饭来到校园，在我们惯常休憩的树下草地坐下，一人捧一本书看。会考逼近，文学书都暂时收起而是看教科书。正读着，小汶吐苦水说，家里人多嘈吵，根本不能好好温书，很担心不能直升，问我最担心哪一科——

我说最担心中史，蒋明经就说搞不懂怎么我能背整首的《长恨歌》，就是背不好那些齐王楚王……

“是吗？蒋明经跟你背过？”小汶很感兴趣地问。

我心想说出来也无所谓，索性告诉她蒋明经在给我补中史。

“怎么我不知道？我也想补。”小汶说。

“好啊，下回我们一起去。”

“星期三你说不能同我搭巴士回家，就是去补习吗？”

“因为你中史分数很高啊，我没听你说过想补习。”

“也没那么高，我只是奇怪你怎么没叫我。”

“我这不是叫你了吗？也不过补过那一次……”

“你没想叫我吧。”小汶说，带着少许调侃的意味。

“我要是真的不想叫你，刚才可以不用告诉你。”

“是我问你才说的。”

我脱口而出：“老实说，就算是好朋友，也不见得要成天黏在一起。”

似乎是从这一句话起，情况急转直下。

小汶看看我：“你觉得我黏住你？”

“我没这么说，我只是想，这样下去不知道好不好……”

“你一直是勉强自己跟我一起吗？”

“我怎么会？我是为你想……”

“想什么？”

“自从你出了名，很多人想跟你做朋友，我想我让开点比较好，不然好像都不让你交新朋友……”

“我有说想交新朋友吗？”

“我是说，就算你交新朋友，也不用怕我不高兴。”

“是你想交新朋友，怕我不高兴吧。”

“你怎么了？怎么我说左你偏说右？”

“你不想跟我做朋友，直说不就好了？”

“不是这样的，你想到哪里去了？——”

我很着急她这么理解，但是上课铃响，不容我多解释，便各自收拾书本，拍拍身上沾到的草屑跟尘土，向课室走去。那天放学，小汶没有等我搭巴士一个人先走了，但我还不知道友情已出现危机，直到第二天学校见到小汶，过去跟她说话，遭到扭头避开的对待，才意识到事态严重。

我想小汶并不是立刻下决心与我决裂的，而是慢慢回过味来，越想越不是滋味，最终来到我背叛了她的结论。眼看小汶加入由薇薇安带头的团体，我们的隔阂日深，连单独跟她说一句话的机会都不可得。我的心仿佛变成了铅块，很重很重地堕下去。

最后是我偷塞进她的储物柜的道歉信奏了效，小汶应约来到教学楼的五楼天台跟我见面。那是我唯一想到能不受干扰谈话的地方。上面有高压电箱水箱等，学校明令禁止学生到上面去，平常只有校工上去干活，看见学生便吆喝赶逐。可是令学生却步的却不是这些，而是关于那地方的鬼故事。只要是在这里念书的学生都一定听说，曾经有不信邪的胆大学生在盂兰节晚上到那天台上讲鬼故事，其中一个学生从此患了失心疯——

心焦如焚等了不知多久，小汶来了，却站在楼梯口不过来，神态表情都摆明了，她不是来和解的。

“你想说什么就说吧。”语气冰冷得不像她。

好半天，我说，你跟薇薇安她们一起，开心吗？

很好啊，小汶说，板着脸。

面对这个对我板脸的小汶，我心慌得要命。

“我一直想，那天你说家里吵温不了书，是不是想要来我家温书？”

看她默不作声，我知道我猜得没错。

“我会想你来，你知道的，如果那天……”

她截断了我：“你在说什么？我没想去你家温书。”

我知道都没用了，不管我说什么都不会有用。就在那一刻，那天台上，某种东西崩裂，碎成片。

“你说完了吗？我要走了。”

我说完了。

因为不是跟我亲的那个小汶了。不是那个跟我臂挽臂、无话不谈、亲如姊妹的小汶了。

她已经背转身又突然止步，倒回来。“对了，你借我那些书，我该还你，怎样给你好？”

利刃捅进了心窝，剧痛攻心。

“这样吧，我包成一包，写上你的名字，放在储物柜顶上，这样好吗？”

“也好吧。”随便她爱怎样就怎样吧。

“你记得拿，不然给人拿走了呀。”像以前有时训我的口吻。

好的。我说。

她走了，从旁边的窄楼梯下去，天台上剩我一人。

天阔云高，一个倒栽葱下去，中间身体下堕的时间必定非常、非常漫长。长到有时间回顾一生吗？

据说是校工发现我倒卧石板地上，嘴角有血渍。醒来时人在校务处，学校联络了我父母，将我送医，对外只说感冒不适。事实上只记得我望着远处的地面，突然胸口难受，天旋地转仆倒。

复元上学那天，一眼看见储物柜顶上有包书，不禁神伤。放那里好几天了，铺了尘，包装纸上是小汶的字迹写的我的名字。假如我死了，那便是我的灵位——

沉默制裁维持了十二年。一九九二年，我们都已出国回来，踏足社会，在一次校友会的聚会上，我和小汶重逢。小汶走过来一把抱住我，我就知道，她原谅我了。可是原谅自己要难一些。

在那湾仔公寓，我们共度三十七岁生日。挑了同一天庆祝，买了个生日蛋糕，同许愿，同吹蜡烛。小汶送给我一部手机——我的第一部，发给我一个“生日快乐”讯息替手机开张。我送她她想要好久的Gucci手表。

当晚在小客厅的沙发上闲憩看电视，我问小汶，记得洋紫荆树下的事吗？

这次小汶没有像以往那样闪躲，问我说：“我太绝情吗？”

“你看得比我透。”我说。

“我是那么崇拜你啊，洁。在我心目中你样样好。成绩好，有才华，人又标青……”

“你在我心目中也是这样。”

为什么又愿意接受我了？我问小汶。

“这么好的聊伴哪里找。”

“打着灯笼找不到。”相视笑。

“没跟蒋明经去纽约，你不后悔？”

有这名字加入，立刻那对话浓起来。

“像我这样的人，自己一个比较好。”我说。

事实是，在我听说林伊甸将要跟蒋明经去纽约之前，就已做了放弃的决定。做这决定的具体原因，不太记得了。好像是心底有个声音说，算了，一个人走吧。一生中的重要决定都不过是这样来的。

“你还想他吗？”小汶说。

“记得他的口头禅？”

“原来如彼。”

不约而同爆笑。

蒋明经喜欢乱改现成用语。“原来如此”，偏要说成“原来如彼”。

然后，冷风至。病人们最害怕的冬天来临。小楼里日夜开着暖气，小汶无事不出门，每天翻杂志，为圣诞元旦假那几天假期找灵感。

美好日子结束的先兆，发生在除夕那天。我和小汶去中环一家日本料理店吃过丰盛的刺身餐，兴之所至逛了一会商场，赏沿街的圣诞灯饰，将近子夜时去到兰桂坊参加倒数，戴上闪亮卡纸做的尖帽、笑匠马克思的大鼻子面具，吹纸卷哨，与倒数群众一起发力喊，十、九、八、七、六、五、四——

沙丁鱼状况下挤地铁回家，一进门，小汶便冲进厕所将晚上吃的全吐出来。这一败下来，证实这些日子的休养没有令她壮起来，她的身体状况比我们想象差。互相安慰说只是吹风受了凉，休息一晚就没事……

达摩克利斯之剑悬于头顶，一切系于一个问题：几时掉下来？

很快立春。小汶开始胃口差，常感腹胀、胸作闷。腹腔癌的病灶接近胃，腹胀不是好现象。小汶越发提不起劲，懒出门。我笑对小汶说，这叫铜雀春深锁二乔——

事情来的时候来得很快。小汶半夜腹痛难忍，我打999叫救护车，就近送到律敦治医院的急诊，小汶被推进去做超声波。候诊室里等到凌晨五点，小汶被推出来。医生说是腹腔炎，要留医，她有亲人在吗？我到床前跟小汶说："我要通知你母亲，好吗？"小汶的神情道尽了一切。

我致电在上海做护肤品生意的小汶的生母。她再婚后姓梁，我只称呼她伯母。她答应搭当天的飞机回香港。

次日回医院陪小汶等她母亲来，看见她躺在病床上，打回原形，又一次被套上姓名手箍、注射管、盐水瓶。假释期满，回来服刑。吊了一夜抗生素，腹痛止住了，看见我笑举V手势表示又过关，我不觉泪盈眶。

我将带来的东西一样样摆好：洗脸巾、牙刷牙膏、拖鞋、卫生纸、润肤膏、热水瓶。路上买的新一期《壹周刊》、她正在看的村上春树小说、她的 MP3。她安静看着，说："我不会回湾仔了是不是？"我应声哭。

"说个开心的。洁。"

我只是哭。

"那么，说个不开心的。"

我还是哭。

"你知道我多喜欢这段日子，洁。"

"我也喜欢，汶。"

"谢谢当我的 nightingale，洁。"

"为什么是你病？该是我。"

"你先别高兴，长命那个有的受的。"

"你怕不怕，汶？"

"就当看小说，总会看完的。"

我们捏住手，两只手都冰冻。

"不要痛苦，答应我，洁。"

我掩脸哭。

"你知道我放心不下你，洁。"

"我太没用，汶。"

"我是说你易吃亏。你记得小时候去食物部买吃的，你总是抢不过人家——"

那地方是个饿鬼狱。没有排队设施，学生推撞乱挤，扯头发拉衣服，随时给撞个肘捶要麻个好半天。我常常挤不进去，就是挤进去了也被挤出来，等人散了才轮到我，只剩几秒钟把买到的东西囫囵吞咽，上课铃就呤呤响起。有小汶在的话，两人手拉手往里挣，一下子挣破人墙——

“你要找个伴，洁。答应我你要找个伴。”

“我是自己的伴，汶。”

“人都要有个伴，就连空空道人都有个疯和尚跟他作伴。”

“像你跟我？”

“像我跟你。”

我又哭。

“说个开心的，洁。”

“四月我们去京都看樱花。”

“你真是深知我心，洁。”破涕笑。

老姿势地拥抱，黏贴久久，我知道这是告别礼。

随着梁太太的有力的介入，小汶被带到内地，开始另一轮的治疗。我深感我的决定是对的，把小汶还给她的家人，而不是继续霸占她。年底我去上海探望，在淮海中路的太平桥畔，与小汶和她的家人和上海群众一起倒数迎接新年——

没有小汶的公寓是个墓穴。我照常作息、译稿，然而都不一样了。恶头痛又来扰，看医生、针灸吃药都不见好，赶稿渐感吃力。

不过反正接案率在下降。一向给我提供案子的几个联络人，就像约好似的先后离职或调迁，使我面临稿源枯竭的窘况。我搬回父母家——

小汶真的就像她自己说的有九条命，几度的缓解与复发没有击倒她，一次又一次挺过来再战一合，从上海转战到北京、广州，又回到香港。我每去看她一次，心情便凄惨几分。既佩服小汶的斗志，却又宁可她不要那么坚强，得过且过一些。

二〇〇五年，小汶开始要贴吗啡贴止痛。很快连吗啡贴都无效，要打吗啡针。

下半年，又有个磨人的新希望冒出来。有个治癌新药在新加坡做临床试验计划，招募自愿者。是以白血病患者为对象研发出来的抗癌药，可截断某种令癌细胞异常增生的蛋白质的信号，而小汶所生的肿瘤正是含有这种蛋白质。她告诉我这消息时非常兴奋，认为机会难逢，既可免费服用昂贵的抗癌新药，又可换个环境散散心。梁太太有位定居新加坡的好友愿意提供食宿，连最大的难题也获得解决。虽然万分忧心她此去只是又一次的白受罪，但我说不出叫她不要去的话。到了这时候，只能让她做想做的事。

到机场送行，看见她是坐在轮椅上，瘦得皮包骨头，我抱抱她，像抱一束树叶。推着轮椅的梁太太明显憔悴，这些日子她带着小汶到处求医，想必挨尽辛苦，母女俩的距离却因此拉近。没时间多说什么她们便要进闸，小汶笑她那明净的笑，不住回头向我举

V 手势。我想该是她这样，无论如何该是她这样。笑脸、V 手势，斗志昂扬而去。

小汶前后传来八封题为“新加坡情书”的电邮，记录试药经过。是她一贯的活泼文笔，谈见闻、生活琐事。头几封表示对进度满意，很乐观，说感觉“瘤缩小了”“肚子软了点”，跟她那年在上海做治疗时说的一样。最后两封，一开头就说“好不容易来到电脑前”“起床写信是一天的大考验”，可见身体已相当虚弱。多封信都提到药物副作用引起的症状：手麻痹、脸肿、呕吐、骨痛。但她毫无怯意说：“好戏在后头，希望这副病骨头顶得住。”

第八封电邮之后就没再收到信。我胡思乱想过了几天，某天深夜手机响起，一看见来电显示是个新加坡号码，不祥感涌上心头。电话另一头传来小汶的微弱声音说，我想死呀，洁，想死了。六年来第一次，她这么说。我说知道了，除饮泣外无言。

十二月，香港的秋冬交，我和小汶都喜欢的月份。心碎的月份。

三个月后，我和小健在鲗鱼涌的一家咖啡厅见面。他在那附近上班，趁放午饭时间来见我，向我略述小汶去世的情形。小汶最疼这弟弟，那年已是三十五岁的成年人，在电脑软件公司做事，第二个小孩刚出世。那家族特征那么明显，一见他，便眼背一热。他将带给我的两样物事放在桌上。小汶的 Gucci 手表，和一只浅粉红的小玳瑁盒。盒里，是小汶的骨灰。“姊姊交代的，说你们有过约定。”小健说。

约定来生做姊妹。同生活，同出嫁。让我保留一部分骨灰，让她伴着我。一时的感情话，她记住了。

他是接到母亲的告急电话赶去的，小汶已情况危急。药物副作用太烈，她身体又太弱。折磨逾月，医生提前结束她的试药疗程。本想让她休养几天就回香港，但她一天天差下去。梁太太致电通知在夏威夷一家大酒店当厨师的小汶的生父，他跟小健同一天抵埗。小汶刚从医院抽完胸水回来。“两支100cc针筒都抽满了。”小健说。她还笑嘻嘻，谈笑如常。外地人住院贵，所以坚持不过夜。看见他们来了很高兴，叫临时雇的帮佣去一间她吃过觉得好的客家餐厅买外卖，强撑起身跟家人吃了顿饭。

“姊姊真硬净，不知她怎么做到的。”小健说着泪下，“我们还喝了酒，日本的梅酒……”

当晚母亲来叫醒他，说要送姊姊去医院。在入院当时即意识昏迷，叫她名字尚有反应，但是口不能言、目不视物。弥留日余，依靠助呼吸器呼吸。直到医生签字认可病人已不可能再度萌生意识，伯母授权医院停用助呼吸器，小汶的呼吸才停止。香港时间凌晨四时许。

就在那边办了简单的丧事，遗体在那边火化。

骨灰安放在新界山上，一座寺庙的骨灰堂里。

四十三岁的我初次知道，有种景象是，石砌的龛，围成了城。

有种心情是，清明、重阳、生忌、死忌。

某日逛书店，看见有浅水湾风景的明信片，便心血来潮买了张，回家坐在桌前，在空白面写："Dear J ——"

我恍然，也许我的好友比我更了解自己。生具慧根的小汶，早已看穿我不过是个普通人。既是普通人，只要有一线空隙，便又开始寻找新乐趣。我将明信片寄到上回见面占留给我的住址，但是石沉大海。

6

星光又来了，又是过境香港去尼泊尔，去高班寺参加十一月份的禅修营。

绢子托他带了两本书给我，用藏教色彩的织锦包裹。一本是《僧伽吒经》，一本是释一行法师著的《橘子禅》。书里夹了张短笺：

> 听星光说你身体康复，真替你高兴。失去好友是悲痛的事，我们也都怀念占，请节哀。得空来三藩市玩，住我们家。 绢子

星光去了个多月回来，人有些病容，说是在山上大感冒，又膝关节旧患发作，一半时间在养病，最大收获是两只大皮箱里的纯银法器。不丹国王的长女安排他跟一个银匠家族买的。为了套

现金为国王打造贺寿的银器，破天荒把家当拿出来卖。几十件法器把我家客厅摆得满坑满谷，说是准备捐给他的师父建佛坛用的。全家诧笑围观，一致意见是“这人走火入魔了”。捺住性子看他一件件展示，熟极如流讲解名堂、用途、镂刻藏文的含义。此外买了大包的没药、乳香等香料。捣碎一小撮点燃，顿时满室生香。所有法器中最珍贵的，他说是那个叫唱碗的大铜碗，手执短棒轻敲碗缘，它便嗡嗡嗡嗡吟起来。

父母进房后，他取出一只银镯子要送我，上面镂刻着藏文的六字真言。我往回推说不戴首饰，他说这不是首饰，是护身的，非要我试戴，大小正合适，只好收下。

他还有一天在香港，说想去趟宝莲寺看看他那年安放母亲骨灰的所在地，我便陪他跑了趟。要不是有他带路，也不会知道殿后别有洞天。穿过一道栅栏，沿林径迂回深进，不觉到了山腰上一座石边小亭，斜对山前的大佛。郑母的骨灰埋在亭侧的林地里，地点隐秘，他上回来砌了个小石阵作为标识。他向大佛的方向参拜，又拜过土地，最后祭拜母亲，泥地里插一炷香。

下半天没事，陪他去了土瓜湾看他移民前住的那条街。四十年的变迁使它面目全非，却还有局部保持旧貌，包括他住过的那栋四层高的大厦。是郑父做消防员时跟几个同事合资建的，左邻右舍全是消防员家属。他的怀旧独白一路没停过，九龙城寨交朋结党、黄大仙地摊市场卖鱼、跟讨“保护费”的流氓打架……移民证件批下来时正好是“六七暴动”，在满城风声鹤唳中离开了香港。

次日送他去中环机铁站搭机场快铁。买票时他说，给你一百块买张来回车票，送我到机场？我不答，他也就不坚持。到了站台闸前，接近两百磅重的身躯来个四十五度转身与我面对面，事先征求同意说，搂搂可以吗？于是轻搂搂，却又延长至久久不舍的拥抱说：会是最后一次吗？说声谢谢放开，抱歉说害我陪一个关节炎老人逛一天真不过意，又开玩笑说，老了，不然现在就把你背走——

我目送他，提着两皮箱法器步入车厢。

另一轮的越洋网上聊天开始。随时上 Yahoo Messenger 按呼叫键，那边立即发个呲牙傻笑的图案过来，代表响亮的一声“在！”他似乎任何时候都在电脑前。

你都不睡觉？我好奇问。

现在我们殊途同归。他说。

意思是，跟我一样成了“书桌驾驶员”。

他是连睡觉都坐在电脑前睡，对住新安装的六扇三星大屏幕，早上看华尔街股市，半夜看亚洲跟欧洲的，读大量经济分析报告和时事分析，累了就椅子上打个盹。空军和联合航空时期养成的习惯，随时随地都能睡。

金融海啸之后，华尔街有个风吹草动便打个越洋电话来，嘱我买米、买罐头、买食水，去银行提现金，叮嘱我要向银行职员指定要小面额旧钞。手机上显示“不提供号码”多半是他打来，仿佛我有条专线直通“浩劫预言办公室”。

对他来说都不是遥远的事。他预期有生之年会看到，一种他称为“文明的丧失”的灾难状况。信贷崩溃，货币成废纸，国家陷入无政府状态，人类回归原始，无自来水无瓦斯无电力，遍地贼盗、乱民，处处是抢掠、暴动——

致电贺他五十九岁生日那天，抓住我唠叨了一堆：“从前我有20/20完美视力，两百米射程的标靶没失手过”“每天坐在这里看道指恒指，就是乐观不起来”“绢子说我成了钟楼怪人，都不下楼，一点小事就乱吼”——

忽又兴兴头头拟着未来大计：“过两年等绢子也退休，房子也修好，真正可以过点随心的日子”“两份退休金加起来可以过得很舒服，说好一个个国家走”——

人生两件未了的事，是修房子，和小儿子天河的婚事。

两个成长的儿女都已成家迁出，只有天河跟他和绢子过。他是水利工程师，亲戚圈里抢手的单身汉。“等他也结婚，便死可瞑目。”

问我在写什么。我说随便写点。

“来美国写？”锲而不舍每次问。

“给你买张机票，你来就可以。”

“我哪都不想去。”我说。

“要不要我骑匹马来，把你背来？”

传来吕洞宾的诗：“明月斜，秋风冷，今夜故人来不来，教人立尽梧桐影。”

我们又陷入那怪圈，三十年前开始的怪圈。

好不容易找到个字幕公司的译字幕工作，是小汶最反对我做的“鸡碎钱、做个死”工作。常常好奇这些节目在哪个频道播，香港的电视上从来没看见过。有个节目教人补旧沙发，那旧沙发破得不成样子，皮绽开，里面的填塞物汹涌出来，我一阵心悸，像看见了自己。

有个节目讲天主教神父驱鬼。美国小镇某大户人家闹鬼，每早发现有个空房间像有人睡过，床铺被弄乱，物件移位。床上存留人体躺过留下的人形印，枕头一片湿。那个家族的传统，所有空床都要铺上全套的枕被，让房间保持有人住的样子。驱鬼神父尝试将床铺垫褥拿掉，当晚房间传出巨大异响，听来像人发脾气乱掷物件，次晨去到房间发现凌乱场面有如台风过境。于是将床铺垫褥还原，于隐蔽处安装一部预设启动时间的录音机，果然录到一种呼嗤呼嗤的抽泣，仿佛每晚有“鬼”来这房间哭——那是我，我痴想。

又有个节目讲陈年悬案。有个理发师杀死全家，岳父母、老婆、三个孩子，人间蒸发三十年，警方用尽所有新科技都找不到人，怀疑已整容、易姓名、改行——会不会就是我？我又想。

清明节，中环站地铁月台上，花束前站着个人。花束的另一边，有个人挡了路。一抬头，是蒋明经。

“嘿，金洁儿。”站在那里笑，我认得的那种张狂。

“好久不见啦。”

“好久不见。”

“好漂亮的水仙，给谁的？”

“简小汶。她死了。前年。”

一怔。“怎么死的？”

“Cancer。”

两秒顿。

真不好彩，他说。

是的。不好彩。

车来，我们上了车。问我哪个站下，我说荃湾。他说他到尖沙咀。“开会，不然陪你去。”

怎么你搭地铁？我说。

他笑。“怎么我不该搭地铁？”

“只是有点奇怪。”

“早知道搭地铁会碰见你，我多搭地铁。”

列车开过金钟，进入维多利亚港海底。

“你知道，我想过，会在哪里碰见你。”

“真的？”我拨拨发，搔首弄姿。

“在做什么？还在写？”

我说在做翻译，从背包取出名片递上。他的手机响，对话进行间，列车已抵尖沙咀站。

倘若是他电影里的重逢戏，他会怎么拍？会是这样吗？来不及多说一句话便匆匆互道拜拜，男生在车厢外向车厢内的女生招手，手里还捏着女生的名片。

一星期后收到电邮：

> 洁，附件是个电影对白本，翻译成英文，在你该是举手可就？我公司只是间接参与，小本制作，稿酬可能偏低。你考虑，尽快覆，谢。　蒋

初时有点怀疑这工作是他捏造出来的，想想不大可能，那公司的老板不只他一个。但至少他在意，出了力。以他今天的名气，已是很念旧情。我也领情，写了个道谢电邮。

此后常有些零工给我。他没有再亲自联络，都是他的助手的助手写电邮。去过他公司两次看试片，没看见他。那年他有个新片子出来，我帮忙做了些文案，获赠两张首映会请柬，都送给了朋友中他的仰慕者。

再见面，是在一个学生毕业作的放映会上。我几年前跟其中

一位学生有过交接，她报读这学校时找我给她写推荐信，我主要是来看她的作品。

完全没有预期会在一个大学礼堂里举行的小型放映会看见他。一进那礼堂，看见他被一群学生簇拥着签名拍照，正想原路遁逃，他却抛下那群学生向我走来。

“金洁儿，怎么想逃？”

“找座位。”我说。

“跟我坐。”

只好跟他坐到前排，深悔出门前没多花时间打扮。有谁来搭讪，他便介绍说这位谁谁谁，那本什么书的作者听说过吗？令我非常窘。翻阅场刊才知道，放映会之后有个交流会，他是被邀请来当交流嘉宾的。礼堂里座位短缺，我占据的座位是个不属于我的嘉宾座，惹来一些猜疑目光。那位我来捧场的女学生过来打招呼，我像遇到救星拉着她不放。司仪上台宣布放映会开始，灯灭，总算可以在黑暗的掩护下喘口气。

看戏的当儿，但觉时光飞逝。不知蒋明经当时有没有想，像这样和金洁儿坐在一起看电影，是多久没有过的事了。因为我当时可是在想，像这样和蒋明经坐在一起看电影，是多久没有过的事了。那个时候，哪怕是期末考在即、有两三个测验要啃，都照去看电影不误。每一部的狄龙姜戴维、林青霞林凤娇、山口百惠三浦友和。每一部的阿尔帕仙奴、罗拔迪尼路、李察基尔。放了学逛去九龙城的国泰，又或是搭巴士去普庆或伦敦、佐敦的民乐。看完总是心情满得要溢出来，恨不得电影跟人生可以调换。蒋明经早已超前我很多地许多中外大师的作品都看过，《毕业生》《教父》《午夜快车》《猎鹿人》《的士司机》，他大角咀家的房间四壁全是电影海报。但我常觉得让他真正着魔的电影是胡金铨的《侠女》，记得那天看完出来他像癫了似的，整条弥敦道走完了他的观后感还没有讲完，半夜还打电话给我讲到天亮，从此一路癫了下去，离开文学渐行渐远。后来参加了一个电影会，结交志同道合的朋友，在某次电影会活动认识了林伊甸——

那位相识学生的电影放过之后，我跟蒋生说去打个电话，便离开了礼堂。我跟自己说这样比较好，散场后多半有同业或学生邀他去参加别的活动，为免他为难，避之则吉。

年底，我的一本旧作重出，寄了一本给他，很意外他回了封颇感情的电邮：

> 洁，恭喜你又出书。重读你的文字，像给谁玩了时光倒流的把戏。记得吗？金蒋之治。那可是我们光辉的一页。重逢真是恼人的不是吗？连我这不主张怀旧的人也未能免俗。现身莫问三生事，惺惺依旧惜惺惺。望你重振笔风，写出佳作。 蒋

蒋金的年代。金蒋的年代。

对我来说,却是耻辱的一页。是被我写坏了却无法抹灭的一页。倘若小汶没有转校，而跟我一样留校直升，也许根本不会有什么蒋金或金蒋的年代。

小汶刚跟我断绝的那段日子，我自暴自弃，完全无法振作应付即将来临的公开试。都已经做好了心理准备被发配到杂牌学校，跟那些无赖学生做同学，甚至有种追求这样的下场的欲望。在学校里我孤立自己，午休时跑到小学部教堂侧的花园躲起来，一放学就走人，绕远路到另一条路线的巴士站搭巴士，即便要走过一条冒着尿馊味、又长又黑又少人行的行人隧道也在所不计。其实每次走我都有点害怕，可是没有第二条路可以通到那个巴士站。有天放学照常走这路，半路发觉有个人一直跟在我后面，我放慢或加快都紧跟不舍，快走到隧道口时回头一瞥，原来是蒋明经。

“吓死人！一声不响跟在人家后面！”

他鬼笑。“怎么最近神出鬼没？今天好不容易看见你出校门。”

“找我干吗？”

“不是说好补中史？”

“不是跟你说不补了吗？”

“你跟简小汶怎样了？吵架了？”

“不关你事。”

“中文学会的人都这么说。是真的？”

“不关你事。”

进入隧道洞，洞壁间回荡着脚步声的回音。

“你走这条路是避开她？”

“她现在跟薇薇安好，不理人了。”

“不会吧，小汶不像是这样的人。”

“你这么了解她？”

“是不是有误会？我来当个和事佬。”

“你还说呢，都是因为你。”

“因为我？”

“简小汶说她喜欢你，你喜欢她吗？”

话说了出来，我的震惊不下于蒋明经。

“喜欢吗？”我不放松。

他不作声。

这沉默不是好兆头，我把心一横。

“两个里面拣一个，你拣谁？”

“你好没道理，我干吗要拣？”

“那我替你拣，你拣她吧。”

我径自向隧道深处走去，月洞形的隧道口像浮在半空，我加快脚步走。

蒋明经追上来。

“我约小汶出来，你们当面谈……”

“有什么好谈？人家现在是大红人，薇薇安要支持她竞选下一届的学生会会长……”

“真的？哪个薇薇安？”

“政治科学会的会长，出名会搞公关，有她帮小汶拉票……”

我顺着嘴说：“但她说小汶欠人缘，改变主意支持我，小汶就吃醋了。”

“原来如彼。”蒋明经笑，“刚才你说是因为我，吓了我一跳。”

“不拖你下水，你太舒服。”我笑。

“索性我也出来选，蒋明经与金洁儿联手，打遍天下所向无敌……”

“把读书会再搞起来怎样？打出‘兄妹校学生会首度合作’的招牌……”

“你这主意好！”笑他那狂生的笑。

我们说说笑笑向隧道口走去——

会考发榜，我和蒋明经都考得九优，直升原校念中六。但是成绩优良、本可留校直升的小汶，却选择转校到港岛的一所学校。

我在薇薇安的支持下当选成为本校的学生会会长、中文学会会长。蒋明经也顺利当选成为他那学校的学生会会长、中文学会会长。我们在任期间，两间学校合作联办各种活动；体育、康乐、文艺，都有声有色。中文学会成为校内第一大会，积极办话剧、文艺营、书展、刊物等。但我们最骄傲的事迹却是读书会，从起初出席率不足十人，演变到每两周举办、出席人数超过四十人的盛况，以致英文学会、法文学会都效法我们办读书会。每次有活动海报贴出来，落款处总有两个并排的人名，打横的头两字有时是金蒋、有时是蒋金。虽然我们从未公开承认关系，却是被公认的一对，难免有些好事的学弟学妹们乱编些疯言疯语，将这一年称为“金蒋之治”。

求学时期最出风头的一年，却没有小汶在我身边分享胜利。然而浴在成就感带来的光辉里，起初并不觉得太大的遗憾。直到有天和薇薇安去看电影，在戏院大堂遇见也来看电影的蒋明经和林伊甸，我像当场挨了记耳光，所有良好感觉在一瞬间消失——

学年才过了一半，便听说小汶去了英国。不知她为什么不念完这一年才走，但我已不配关心她的事。学期尾，我也做了只身前往美国中部的大学、不与蒋明经同去纽约的决定。我不让他来送行，只在上飞机前，用机场里的免费电话拨了个电话给他告别，只说了一句“我在机场”便眼泪狂淌，抱着电话筒只是哭。“飞高点！”电话里传来他的祝福语——

又数月过去，他公司的助手小姐致电说导演想约见，在尖东的户外咖啡厅，下午两点。到场才知道是多人参与的业务性会议，除蒋外，有位大名鼎鼎的张导演也在座，加上两人的助手，几个人吞云吐雾讨论将一部德语片改编成港版片的可能性。蒋指指我对那导演说：“文戏交给她，你们文武合璧。”

我立刻明白，蒋有心提拔我给那位导演当编剧。如果是发生在十年前，我会更雀跃一些。回家看碟，是个杀手片。讲一个号称来去无声息的职业杀手在某次执行任务中放过一个熟睡的女人，事后被命令杀她灭口，于是监视她，在这过程堕入爱河。为爱情故，决心洗手不干，但警察跟死敌死追不放。电影下半部讲他带着这女人逃亡，用智用技终于成功的经过。电影拍得很有艺术感，有个有趣的细节是杀手的瑕疵。那个被他放过的女人被警察问话时忆述，她在熟睡中听到一种很轻的低哼，游离在听觉边缘的一丝低吟。电影后来揭晓是他儿时在孤儿院唱过的儿歌，所以事实上他并非来去无声息，而是一边执行任务一边哼歌的。我将这细节强化，塑造了个中国杀手，写人物素描、情节大纲等。这期间张导演几次打电话来问进度，聊几句，是个亲切的人。如期交稿，除秘书小姐确认收取的电邮外，很久没下文，倒是正中下怀。

约莫三四个月后的某天，在电话上跟蒋的助手交接一宗文案时，顺口问蒋导在不在公司。当时只是想着，要是他在公司就聊两句，顺便谢谢他替我介绍那工作。本来开会当天就该写个电邮道谢，忘记了没写。过了时效再补，显得小题大作，然而心里始终惦记着有件事没做，电话闲谈里顺便提一下是最自然的。一听说他不在香港就后悔，但那助手已留了言。没想到他特地从釜山打电话来，问我找他什么事。他那边吵得很，像是身在忙乱的环境中，只好临时编个要紧些的理由说：“我不是着急，只是那个杀手片不知道怎样了……”

“没消息吗？”

“如果是我搞砸了，你会告诉我吧？”我故作轻松。

“我找人问问，回头覆你。”便挂线。

一星期后，张导演亲自打来，很抱歉公司决定搁置那个德语片项目，但是很喜欢我写的提纲，想找我写个他在构思的故事，约在上次开会的那家户外咖啡厅见面。

是个现代背景的邪教故事，发生在香港与大陆的边界。神秘地下教派的教主有个天生丽质的养女，养大到十八岁，将她包装成有治病异能的救世圣女，利用她骗财和吸引教徒，结交地方势力。圣女良心未泯，因养育之恩屈从。正当行骗计划如火如荼进行、圣女声誉日隆之际，她爱上新入教的年轻男子，不知他原是卧底警探。剧情峰回路转，正邪斗与爱情两条线交错发展，此外穿插一条支线是关于教主的亲生子。发育不全的智障儿，自小被教主禁锢在地牢里，被圣女无意中发现，想放他逃生，教主一怒之下将她与智障儿关在一起，圣女被奸污，两人却因此产生微妙的感情……

开完会已是上灯时分。凉风有信，不久又是小汶的忌日。去地铁站途中经过一家7-11，只见门口杂志架上，有本畅销八卦杂志上的封面人物是蒋明经。酒店门前的偷拍照，标题包含“夜宿”“韩女星”等字眼。我买了本坐在喷水池边的长椅看，是记者很卖力气搜证的大篇幅报道，言之凿凿披露来龙去脉，扯上一度亮红灯的婚姻、与演舞台剧出身的太太的拍拖经过，连就读国际学校的独生女儿也被跟踪追访——

我看不下去，掩上书。他不是把老婆孩子挂在嘴边的人，自从几年前再碰面，从未听过他谈家事或感情的事。小汶病中的那些年，蒋生的电影、八卦消息，我们若即若离都有跟进，印象中这是他第一次闹绯闻。回想他从釜山打来那通电话，确是显得心不在焉——

他并不是一出道便一帆风顺。纽约大学电影学院毕业回来，搭新浪潮末班车拍了部爱情片，不卖座，浮沉好几年。拍广告、搞话剧。电影业的黄金期到了尾声，遇见个赏识他的伯乐肯投资，拍了部叫好叫座的警匪片才转运。这些年他都自爱，行事低调。这回被逮到，完美男人的记录有了污点。

正想他，他便打电话来，劈头就问“你在哪里”。在帝苑酒店的回旋处等他开车来，上了他的黑色宝马，心律都正常不回来。

我问去哪里，他说“去没狗仔队的地方”。

车子上了高速公路，似乎要去远地方。

“真高兴你就在我公司附近，我们该定期做做这种事。”

“谢了，我不想在八卦杂志上读到自己的名字。”我说。

他笑，也不介意。

重逢以来，这回最有老朋友的感觉。

我简单说了张导演的故事，说他想找我写。他恭喜我说：“他是重视剧本的导演，很挑编剧的。”

我笑说打算推掉剧本。

他错愕。“为什么？有什么问题？”

“写个港产商业片为了什么？我好像已经过了可以很投入的阶段。”

“为了不要失业，这理由怎样？”

我立刻后悔失言。电影是他的生命，他耗费半生经营的事业，这回费力气做媒人给我撮合这份想必不少人争的差事，我的态度未免太不当一回事。于是改口说：“张导演叫我给那故事想个结尾，我在想只能是逃亡戏收场。卧底警探带着圣女和智障儿逃亡，智障儿为了救圣女牺牲自己，卧底警探杀了教主，变成杀人犯，带着圣女逃到内地一个偏远小镇……”

“智障儿死时把异能给了圣女，圣女成为真正的圣女……”

“圣女发现她怀了智障儿的骨肉……”

“而那个教主其实没死……”

车厢里充满我们的笑声。

车子奔在青马大桥上，窗外是马湾海峡的夜景。难道是去机场？他要离开香港？但那一刻开心得一点也不关心去向，也不想打破那悬疑。再也想不到今生还能和蒋明经这样，坐同一辆车往同一目的地奔驰。

那边真的没有狗仔队，记者的触须还没有伸展到机场博览馆。他拖住我让我靠近他走，围巾蒙脸像两个患重感冒的人，混在人龙里进入了展馆。

我惊呼出声。横跨整面墙壁的大型屏幕上，是制成电子版的《清明上河图》。郊野、河川、拱桥、市集、酒馆、城楼，从这头铺展到那头，活动电子人在上面走来走去。

“拍个《汴京旧事》怎样？”蒋难得开心笑。

跟随观展的人群缓缓前行，看贩夫走卒、轿子队、骑驴女子、嬉戏村童。日蜕成了夜，夜又蜕成日，每四分钟蜕一次日夜。我们有十五个日夜可相聚，偷来的十五个日夜。

人们纷纷高举手机摄录机拍照拍影片。我也拍。

“你一直在拍那两个人。”蒋说。

“像好朋友。”我说。

两个提着灯笼的男人，穿过黄昏，穿过林荫，边走边聊，指手画脚聊得很起劲。两盏灯笼摇摇晃晃，从宋朝摇过来。

“像不像我们以前？”我说。

“指手画脚那个是我，静静听着的那个是你……”

“也或许是小汶。”

他噤口没接下去。

“小汶有没有向你表白过？”

人群里挨挤着，他肢体语言里的轻微变化没瞒过我。

"陈年史，讲来干吗。"

我当下了然。

"你有动心吗？"

"说不动心是骗你，小汶那么优秀。"

会考发榜后，她跑到他学校找过他。下着小雨的阴天，两人在半湿的篮球场说话。

她告诉他她在考虑转校，因为不想跟金洁儿继续做同学。但是如果他留她，她会留下来。

"我没想到她用情这么深，她是认真的，她要我拣。"

"你怎么回答的？"

"我说我已经承诺了你。"

我没期待这答案。是曾经用人格换来的答案，是愿意用永生换来的答案。

"我对不起小汶。"

"那时我们还是小孩。"

三个十六岁的半大孩子，在那个风大浪大的夏天海滩上，从这头走到那头找萧红墓——

扶栏前行，看船夫摇橹、酒肆作乐、纤夫拉纤、骆驼商队进城。

"五分钟。"广播器宣布。

来到汴京城外，灯火阑珊处，最后一轮日夜。

只听见蒋明经说："我太太提出离婚，我答应了她。"

我花了好几秒来消化这两句话。立刻我想到这就是他今天想见我的原因，想告诉我这消息。

“怎会搞成这样的？”

“是呀，怎会搞成这样？我跟你。”

“谁知道，你说呢？”

“谁知道？”

“因为不餍足？”

“因为聪明伶俐？”

“因为多愁善感？”

“因为对你的情意结？”

“讲大话，你是落难才会想起我。”

“我真是这么差劲？在你心目中？”像是深自喟叹。

相聚最后一夜。念去去、千里烟波，暮霭沉沉楚天阔——

喟叹，我们越来越常做的事。

屏幕反光勾出一张我愿意铭记的脸。曾经就是这个人，这眼前人，为他想自杀过，谨小慎微过，狂热过，冀盼过。如今来到这离别前夕，忽然我心底有片刻的清明。

“记得那年隧道里的事？”

两个十七岁的中五生，走在又长又黑的行人隧道里，边走边谈合作竞选学生会会长的事，谈到兴致高涨，在隧道口的天光亮处，那女生动作快速地吻了男生，说：“永不反悔？”——

“你记得你是怎样回答我的？”我问蒋。

“这一世都记得。”

“记得什么？”

“你是优——”

“我是异。”

有他这句话，我满足了。场馆亮灯，人们鱼贯离场。

送你回家？他说。

我说不了，我想自己走。陪我走到地铁月台？

想必从前看过的电影里也有过这样一幕：列车进站离站的月台上，一对昔日的恋人分手。挥别手势中，车启动，载着女子远去。车厢内，终于那女子低下了头，让眼泪潸潸落。此时女声旁白悠然荡入，是久远以前曾经熟背的山口百惠三浦友和电影的对白：

——生命是风筝，易碎又飘零。

——线断了，风筝飞到很远，我伤心地一直哭。

——我愿意做你的风筝线。

7

那同一年即二〇一一年，分别在春节和中秋节，我收到星光传来的两封电邮。第一封关于绢子被确诊患癌，第二封关于绢子去世。星光有个大家族，两封都是传给多个收件人的公告电邮。第一封说：

> 亲爱的亲戚朋友们：对我来说这是封难写的信，请恕我言简意赅。
>
> 绢子于两天前入住凯萨医院。检查报告的结果证实，绢子的肺癌已发展至第四期，即末期。就是说，癌细胞已扩散至身体多个部位，即使进行切除手术也无补于事。我们将搜集情报，权衡利害，然后决定治疗方案。然而，任何治疗只能减轻症状，延续少许寿命，生活质素却可能下降。

医学数据显示，患第四期非细小细胞肺癌女性的平均存活期为八个月，能活到五年的最长存活期的病人少于百分之十。绢子的想法是保持状态，享受余下的生命。身为佛学的学生，我们都理解生命循环不息的道理。我和绢子都接受这是我们的果。

绢子目前很易疲倦，但她愿意见见亲友们。倘若你们也想见绢子，我们会很感激任何短暂的探访。医院的住址及房号贴在下面，谢谢各位。 星光郑

第二封：

亲爱的亲戚朋友们：绢子在两个月前做出停止一切癌症治疗的勇敢决定，自此在家静养。她在星期二凌晨于睡眠中安详离世，我当时陪伴在侧。

星期四上午九时，我们所属的佛教团体将为绢子举行药师佛净化仪式，为她消除转世路上的有害能量和障碍。仪式将假三藩市唐人街的佛教中心举行，欢迎所有愿意参加的人出席。

星期六上午十一时，我们将于佛教中心设午斋，之后举行简单的瞻仰遗容仪式。非常荣幸获得我们的佛学师父耶西达雷扎巴仁波切以及居托寺僧众的俯允，为森绢子太平洋火

葬场举行往生仪式，欢迎所有亲友出席。　星光郑

两封电邮之间的六个多月，星光不时会打电话来报告近况，话题围绕标靶治疗、灵芝疗法、各种食疗。不惜花大钱，多昂贵的药物都买，情绪在两极间摆——我亲历过也见证过的癌症患者家属症候群。

八月初某夜，香港时间近子夜，是那通宣布一切结束的电话："她去了，今天凌晨。"

年底生日便六十岁的绢子，原籍北海道札幌，是美国第三代日侨，只懂说简单的日语。高中三年级，有天跟同学去学校的西洋剑剑击场看热闹，在那里认识在练剑的星光。

我在渔坞晃荡的那段日子，很多次和占从日落区出发去沙沙里多，要是星光搭我们便车而那次又走海景路线，从艾尔卡棉奴路入旧军事区，途经林肯大道山路上的史葛特军营，星光一定指指远处一幢教堂说："我和绢子在那里行婚礼，一九七二年！"我和占都笑他是张单曲唱片，但是没有一次经过他不提。绿茵上的白色小教堂完全是迪斯尼卡通里的画面，我就想那一定是童话般美满的婚姻。

绢子从不去渔坞，也很少出现在星光的社交圈。只知星光背后有这么个伟大女性，在联邦政府机构任职，要上班又要带孩子，所有星光的不管多天马行空的生财计划她都支持，任劳任怨数十

年如一日。年节上大伙儿去唐人街吃饭见过两面，白净脸是能剧里若女的面孔，总是那个和气的没意见的笑，怀里抱着那年三岁的天河。

“我以为我会先她死。我暴食暴饮，体重、血压、血脂，样样超标，她的指数样样好。”——不可避免的未亡人的感叹。

一向他被家人视为心脏病发高危者，遗传郑父的高血压倾向兼郑母的第二型糖尿病倾向，加上从军与捕鱼时期的积劳，五十岁后健康大起大落，关节炎一度严重到以为要成半残废。

丧偶初期，用星光的话来说是“跌入了黑洞”。因暴吃体重激增，不眠不休追看电视连续剧。只要看见绢子的遗物就哭，儿女们只好全部搬走，包括夫妻曾经同寝的床。服了一个月医生开的快乐丸，头三天见效，之后便是难过死跟脑死两个地狱里选一个的问题。佛教中心的教友把他接到家中，让他在客厅打地铺，他一下子垮掉，倒头呼呼大睡。

振作起来是因为不服气，想不通绢子为何得癌。一辈子不烟不酒，饮食均衡，生活规律，连感冒都很少。“世事难料”“总有个先走”——这些说法他都不买账。上网疯狂看资料，用上复仇者的嗜血劲儿。

那阵子他接连发给我一些资料，都是关于维生素 D3。人体细胞经阳光照射、因光合作用自然产生的一种固醇类荷尔蒙。城市人大多缺乏，而长期缺乏有可能致癌。是绢子治疗期间，主诊医生说的一句话给了他线索——“尊夫人肤色很透明啊，是不是都不晒太阳？”

绢子遗传了母亲的白皙和过敏皮肤，很易晒伤，自小养成习惯每出门必做严密防晒，尽可能将接触阳光的皮肤面积减到最少。长大后又在办公大楼里做事，等于长时间生活在人为的密室环境里。星光耗费大量精力时间阅读和过滤不知几百万位元组[①]的资料后锁定致癌元凶，是长期缺乏D3使免疫系统出现故障，让潜伏体内的癌细胞有机可趁。另一佐证是那医生曾给他们夫妻都做了血液里的D3含量测试，发现星光指数正常，绢子则超低，建议她服重剂量D3补充，当然为时已晚了。

星光给我寄来一个个链接催我买来服。看我不大有反应，又写电邮来劝：“我知道你怕吞大粒的药，但D3都是椭圆形小胶囊，每颗五千单位，每天饭后服一颗便够，不会造成负担。”

又说：“就连我的孩子们都认为我在乱抓禾秆草，但是我希望你相信我。也许我这样想是自私的，但我希望你活得比我长。”

他给我寄来两瓶，金黄色的小胶囊的确易服。新世纪的灵丹妙药。

有天网上聊天时他说：“我想起一件事，跟占也有点关系。”

郑父去世多年后，某天他和占生前共事的那间医院的某员工代表，带着律师来拜访郑母，询问关于郑父死因的事。原因是，

---

①指几兆字节。

那家医院的部分员工发起一项集体诉讼行动，要控告某大药厂，说是该药厂生产的一种消毒药水产品被验出含有毒性超标的化学物质，长期吸入可能致肺癌或呼吸道疾病。那医院正是该药水的用家，每年大批购入，所有医疗仪器都是用它来消毒。想是有人发现那种消毒药水与呼吸道疾病之间存在某种有迹可循的关联，足以构成提出诉讼的理据。郑父是肺癌死的，又曾在该医院工作八年，条件符合。那律师极力游说郑母加入起诉人行列，但郑母基于人死万事休拒绝了。

星光没有跟进，不知这桩公案后来怎样解决的。倘若这事是今天发生，他会积极鼓励母亲参加诉讼。郑父三十多岁便戒烟，除血压高需要服血压药之外，身体很健康。有天开始咳嗽，咳咳咳，不含痰的干咳。一照肺，癌。四个月后即去世。

星光记得占提过他那部门里的员工，得肺病和哮喘病的比例高得惊人，但当时大概谁也没有怀疑与频密接触消毒药水有关。占每天要用消毒药水清洗助呼吸器，有可能是他的哮喘的源头吗？

“我想你或许有兴趣知道。”星光说。

我不是特别感兴趣，不过键入几个关键词只是举手间事。九十年代初的美国，集体诉讼蔚然成风，全是针对大厂家大财团，然而除非是轰动的大案，未必有电子文件被上载到网上。那药厂是个大生产商，上网一查就查到，在二〇一〇年被另一家大公司收购，主打产品是一种叫做环糊精的药用辅料。没查到关于一宗多年前的讼案的材料，倒是无意间看到点资料说，该公司生产一种治疗震颤症的药物具有引起哮喘症状的副作用。占的震颤症虽然算轻微的，也从不需服药，可是根据资料，部分患者的病情会随着年龄增长变严重。迄今为止的研究认为，原发性震颤源于脑部多个区域中主宰肌肉组织的传导系统发放异常讯息，使肢体动作产生失调现象。不能根治，只能服药控制。如果他后期变严重呢？或许因此需要服用药物？

这气味很好闻，我有次对他说。湖水绿的制服，下班回来脱下挂在门背后，棉质纤维里的呛辣味数日不散，用高温热水洗才洗得掉。

我竭力回想，那年在香港见面，占是怎样一个人？怎样的脸色、神气？是那样的一种恍如隔世的心情，也根本没去注意他有没有手抖。只记得他说戒烟了，身体状况良好。他是抱着对未来的希望而来的，想必就算有病也不会强调。

接到出版社的编辑小姐打电话来告知，说有个操英语的美国男人致电，留了姓名和酒店号码请我立即覆电，编辑小姐在我要求下逐字念出姓氏的字母，我听着，心乱如麻，不确定是不是想见他。

是我，是占，那边说。真高兴找到了你。

约在兰桂坊的一家高级西餐厅进午餐，他说翻旅游书找到的，介绍说是米芝莲两颗星，那紧张客气像初度约会的人。某方面来说也确实是。

第四度空间的门打开，相隔光年的两个宇宙接通。见面拥抱的仪式过后都不免认生，心知肚明彼此眼中的自己已跟十年前那个人不能比。岁月的感触包容了一切，鱼尾纹、后移发线、中年人身形。我发觉我原来崇拜旧时岁、旧时人。

他留了个窗边台，居高临下俯瞰中环的忙忙碌碌。“过得好吗”“多少年没见”之类的开场白过后，他很快进入正题说，找到个赚外快的好路子。给专递公司带货，跑东南亚，有免费或优惠价机票作为酬金。主要跑泰国、新加坡、马来西亚。跟星光后来告诉我的差不多，更详细些。

香港新移民开的公司，在唐人街，隔壁是家中文书店。有天灵机一动进去找我的书，请店员帮忙找。做屋友时我曾把我的中文名字写过给他。姓金的香港作家又不多，竟找到，有我的照片为证。专递公司的人很帮忙，答应有香港路线的任务给他优先，也等了半年才有。

珍妮花过世了，九三年，他告诉我。都有心理准备，她的宗教信仰帮了忙。想接两老来加州住，但他们习惯了圣路易斯，而他又不能离开加州。医院的工作岗位，他一离职，退休金要少掉一大截。

他还是单身，他直截了当说。不能算富有，应付基本生活绰绰有余，一年去个两三次旅行都没问题。十五年后退休，每月光是退休金就有数千。他不确定这种生活水平是否符合我的要求，但他愿意试试看。始终他觉得，跟我会是合拍的一对，当然如果我不介意住在美国——

我有种受恭维的喜悦，竟然他仍然考虑我，觉得我是合适的对象。盲约、相亲、先婚后恋，近年又流行回来，他有这想法也正常。何况从前有过那段，起码有个基础在那里。其实早该想到他费了老大的劲找我，目的不会只是叙旧。

将来可以多跑香港，他说。这次来也办了点玉石首饰带走。

这么些年没找到合意的人？以你的条件？我问。是真的不解。

总是差那么点。他说。

暗示有过女友，但没走到那一步。我猜他多半也是挑，始终认为东方人理想些。

我告诉他说目前在照顾一位在做癌症治疗的朋友，从小玩到大的童年友伴。医生说存活期可能一年，也可能两三年，很难说。我想陪伴她到最后，这段时间什么其他的事情都不想，文章也没写了，以自雇形式接些翻译工作——

告诉他这些的时候，心里面非常难过。

“是我的损失。”我说，是由衷之言。我看着他眼神暗下去。

“我来晚了。”他怅然，“难怪这回看见你觉得你精神不大好，跟以前不一样。”

泪水它说来就来了，滴滴淌。

“别难过，你这么为朋友，人生会如愿的。”

普通的安慰话，我听了也感激。

他第二天下午上飞机，有个上午可相聚，叫我带他去个我喜欢的地方走走，就去了浅水湾。灰霾天，难得是游人少的日子，视野非常开阔。他笑说你现在也跟渔夫一样爱看海了，我说是呀，不知何时也爱上海了。“击退湾？击退过什么吗？”他望着海说了这么句，我才意识从来没注意 Repulse Bay 这地名的来源。沿海边闲逛，风声潮声里说着话，享受那手牵手，仿佛又回到从前在沙沙里多的日子，他指着一条条渔船教我认船，鲭鱼型鲸背型梭子型——

怎么唱来着？那支歌？我问他。那支海豹歌。

他哼起来：西风吹，潮向西边退……你白天来，唱着歌走来……十月的冷风吹，我向海边追……无人在，只有海豹的叫声哀……只有海豹的叫声哀……

我说不送他了，受不了那离情，就在这里惜别吧。他眼神有种痛，但是没反对。

“要是你四十岁还没结婚，写信给我，我来娶你。”笑他那玉米田的笑。

我笑，又哭。

相拥好一会，也终于放手。

尘归尘，土归土。终于我没有机会告诉他关于击退湾的故事。

曾经在维多利亚女皇在位的一八四〇年代，在那个海湾发生过海军与海盗交战的事，其中有艘战舰叫做击退号，因此它所停泊的港湾被命名击退湾。

星光再来香港，是带着绢子骨灰做成的两尊“扎扎”。打算与郑母的“扎扎”一样处理，安放在大屿山的宝莲寺和尼泊尔的高班寺。

他瘦多了，精神饱满，看来已平安度过丧偶的低潮期。入住湾仔的卫兰轩酒店，我们便在酒店的咖啡厅碰面，他将绢子留给我的一件黑色克什米尔毛衣面交。很高兴告诉我说最近一次验血报告成绩斐然。血脂、血糖、胆固醇，指数美妙极了。医师都不相信，要他三个月后回去重验，还是一样。

他归功于玻尿酸——上网找致癌原因时无意间发现的一种保养品，买来试，竟对关节炎有奇效，之前不能屈伸的膝关节也能屈伸了。痛定思痛开始做运动，回复从军时期的地狱式体能训练，朝朝去金门公园健行，负重四十磅走个一两小时，短时间内将绢子去世后激增的四十磅体重减掉大半，现在他觉得状况好过三四十岁的时候。

我真心为他高兴。可是自从他来港前的那次网上通话，他求婚遭我拒绝，关系终究有些改变，不像以前那么畅所欲谈。至少我这方面。

“我真有点不服气，明明我们八字合。”他说。

这次去过尼泊尔，回来会在北京停留几天。有个族亲要给他介绍一个北京女生。坚拒许久，终于答应去见个面，想着顺便走走也好。故宫、长城，他都没去过。

“比你小几岁，结过婚又离了，没小孩。”给我看照片，四十来岁，柔润的圆脸，皮肤好。跟他一样是股票玩家。

亲戚都劝他找个年轻能干活的服侍他，但他连这个都觉得太年轻，才比他大儿子大几岁。

“你不怪我考虑别人？”

“很高兴你考虑别人。”我说。

吃过晚饭，陪他去买见面礼。“准未婚妻！”我打趣。他说想找伊莉沙白雅顿一支早期的香氛，说喜欢那香味。临行匆忙，不然在美国买更便宜。去崇光找过没有，又去时代广场，绕场一周浏览所有化妆品专柜，最后来到克里斯廷迪奥专柜前面。他跟售货小姐要花香的，借我的手用，掀起衣袖将香氛喷在手腕内侧，鼻子凑近闻，逐瓶试，淡的，浓的，试到一支他颇钟意，叫 J'adore，问我喜欢吗。

“有酒味。”我说。

“酒味好。”决定买这支。

向小姐要简册看，是橙花主调。混合科摩洛依兰、大马士革玫瑰、印度茉莉。调制师是个女生。

时代广场前面喧嚷一片像个露天大营地，大电视播着整点新闻。

“我送你回家？还是你送我回酒店？”他说。

各走各的吧，我说。我祝他好运：“婚期定了告诉我。”

挥手别。

微风中走路回家，经过一个路边小公园，忽觉一阵香气逼人，一时以为是刚刚喷的香水的气味。抬头只见是白玉兰开花了。几年前和星光散步经过这里也正是花期，在这树下闻过这花香。

8

二〇一三年十二月，在三藩市机场的抵境大楼一碰面，星光就抱怨：“要不是你来，我已经到印度去了。”很没风度的。

原本要跟随密宗师父去印度禅修几个月。“又被你打乱。”

“不是老叫我来？来了又怪我！”

“说不来不来，怎又来了？”

我说刚得了一笔版税，来写东西，顺便散心；或者是来散心，顺便写东西。还没决定是哪个。

他口气一转。“很高兴你来，亲一个？”

他还是住在那栋百年老屋里，日落区对海那排破房子里最破那栋。浅灰色外墙剥落裸露，车道上的两辆老爷车看来已经死了很多年，梯级陡峭难行，铁栅生了锈，只有台阶两旁的几个盆栽争气地提供少许绿化，令路客多少感觉到屋里有活人在住。

他掐下两片叶子递到我鼻子底下让我闻，说他祖母用这臭草来煮绿豆沙。

他开锁推开了铁栅，回头引了句诗："'请进来我的客厅好吗？'蜘蛛对苍蝇如是说。"

蜘蛛网还真是屋里的景致之一，结在不知多久没开过的窗上。三十年前来这里"避难"那天的恐怖感又回来，只是感受更尖锐些。看来这些年没打扫过，积尘、杂物、胶箱纸板箱，像过分茂盛的植物不受控四面八方蔓长。地上七拼八凑铺着破报纸破纸皮，从楼下铺到楼上。日常活动的那一小块，脏衣服堆成了山、脏碗脏盘收集着蚁尸、没冲厕水的厕所发臭，浴缸腻满了垢。人住在这里与臭味、与污秽、与霉菌同栖，物竞天择适者生存。我想起从前听老一辈说过的一句话"破家五鬼"，指那些彻头彻尾败落的人家。又曾听说老华侨生活省俭，但是从来没想过星光会是这个"老华侨"。人看人原来可以错得很离谱。

星光是他一贯的老王卖瓜，向我滔滔演说他这"租屋"的种种优点，地基用水泥加厚加固过，房架结构重新做过防水防震，内部的地板橱柜都用上佳的防蚁防虫木料，所有贴身家具如书桌眠床全按风水尺寸打造……我隐约能看到一点他当初设计这屋时的理想构图，车房后面的地下单位是他和绢子养老用的，楼上两层给儿孙，每层设有独立厨房跟卫浴，小孩可从后楼梯跑到院子里玩耍，老去的他和绢子坐在阳台上或更远的将来则在天上笑望郑家在这里一代代繁衍——

郑父在一九六九年买下它时就是栋危楼。半边地基下陷，屋顶漏风漏雨，房架子靠一条细柱支撑，没塌下来是个奇迹。郑父死后，星光搬回来照顾病母，她半卖半让把房子转手给他，包括四代人的累积半个世纪的家当。他手上又多个大破烂，一九八九年的大地震没损及它分毫，但他没信心它能熬过下一个大地震，发愿整修，从地基修起。卖船之后手头有了多余时间，便动工，靠自己的一双手，一口螺丝一口钉的进度缓慢到比得上生物进化，在亲戚圈里都成了笑柄。一度资金用尽、被邻居投诉、被律师误导、被发停工告票，都记不清楚停工又复工多少次，一家老小在凌乱动荡里生活了十几二十年，等到工程完成到有个基本样貌，儿女已长大成人、迁出。听来跟他一生的命运相似——风波不断。

绢子的离世使他的人生急煞车。三年来没动过一土一木，房子塌下来也不在乎。原来人永远有更低的低处可去，到最后什么都可舍。日常所需不过几件衣服和用品。他不在乎在这垃圾堆里终老、物化、变垃圾——

我问那北京女生的事。彼此听不懂对方的京片子或广东话，却双方都有意。后来他又去见过她一次，确认她的意愿、她父母的意愿，都准备好收拾房子迎接她来，她那边却拖拖拉拉，打起了退堂鼓，提出他移居大陆的新条件——

他面壁自问，非要找个伴不可吗？非要填补这空缺？于是收拾心情做鳏夫，跟师父修行去，都订好了去印度的机票收拾好行装，“就接到你的电话说你要来美国。”

有天他真想知道，跟我有过怎样的前生。明知我们是竹门对木门，想跟我结合是个疯念头。“为什么就是放你不下？”

我说你都准备好迎娶别人，证明你很放得下。

“但你看我迎娶到了吗？”他说。

我说你要去印度尽管去，我可不想妨碍你的前程。

“但你看我去成印度了吗？”他说。

我说我可以下一班飞机回香港，我可担不了他成不了佛的责任。

他说小红帽既然来了，大灰狼可不急着成佛，大灰狼有十万年的时间可以成佛。

当晚，他发个讯息到我手机：“你是我今生要修的正果。”

又是那讨厌的怪圈。

二十年来最冷、有纪录以来最干旱的冬天。暖气坏了没修，屋子像个大雪柜。我被安置在楼上近楼梯口的小房间，两座高柜一正一侧供着不同的佛。西南角有个墙洞可容一人坐卧，说是这屋子的文昌位。接上电脑、放套桌椅、吊幅帘子、置个灯，便是个自成一角的写字间。行军床上垫张美丽奴羊毛垫、铺上羽绒被，便是张舒适的床。常常一觉醒来，恍神个一会才想起是在星光家。似乎他的睡眠问题还没解决，从他房间传来的噪音还是临睡前听见的那些，动作片打斗声、粤曲的锣鼓锵锵——

怎会落到这里来的？在这里与他共一个屋檐？“‘请来躺在我的小床上？’蜘蛛对苍蝇如是说。”——

有些日子他宣称“今天要做植物人”，就整天坐在他房间的电脑前动也不动。四面是文件堆成的山，他占据中间那个洞，说是他的冥想洞，一个头戴棉帽、身穿棉背心、鼻梁夹副老花镜的老头子。每日两次，他来我房间道声“抱歉打扰”，肃立佛坛前礼佛。晨点香，夜燃烛，合什念段经文。只听见他萨巴呀玛巴呀的念念有词，敲唱碗而毕。每晚，将储在浴缸里的洗澡水勺进水桶，提到楼下浇门前的盆栽、后院里的梅树李树和一棵新种的白玉兰，似乎它们一点也不介意那水里含有人类的死皮、体液、沐浴露化学物等，欣欣向荣该开花时开花。

老习惯地饭后散步。阴天、月亮天、雾夜、维纳斯星悬在那冰清夜空的星河夜，去走金门公园的林径、太平洋岸或附近的住宅区路。一草一木他都熟悉，某屋有过的幸与不幸、某屋转手过几次，一部兴衰史在他脑子里。四十年前他家搬来时，这一带有大人小孩，带着祖父母或外祖父母。如今年老跟年少的，或离世或他迁，留守这里的多是中间代，像散步常巧遇的那几对，不是膝关节有螺丝就是髋关节有钢片，都是婴儿潮中后期出生、跟奥巴马总统差不多年纪的这代。

“就剩你跟我了，半百与耳顺。”星光说。

渔夫老了，我感觉到这事实的无可争议。当年的威武雄狮被这蹒跚老人取代。用他的话来说，是“走在垃圾化的路上了”。引申到我，是两个人走在垃圾化的路上。

有天，他跟我要我的旅行证件看，我略犹豫，还是找出来交给他。他不过是想查看签证到期日，叹口气：“我想了很久想不通为什么你要来这里，但我完全排除了是因为你想念我。”

“怎么见得不是？”

“来一个向你求过婚的男人家里写东西？别告诉我你真的是小红帽。”

“那你认为是为什么？”

“你突然需要个泊船的码头。”

“为什么？”

“我猜是你一定发生了什么事。在香港，最近。”

我支吾。

“你不说没关系，我不需要知道。”

但他开始生闷气，做植物人的时间非常多。

有天阿乐来了，少数星光还来往的亲戚之一，便一起去逛金门公园。落叶乔木都掉了叶，骑警骑着骏马蹄声得得踏过满地枯黄。我们去看美国野牛，又去看绿头鸭，靠在小拱桥上看小鸭跟着老鸭学划水。阿乐的广东三水人的适合唱戏的大嗓门吓得鸭子纷纷屁股凌空噗剌剌乱飞，吖吖吖吖叫。星光老想给这表弟说门亲事，从他四十几说到他现在五十几，他挑来拣去看不中。人瘦得要成仙了，是厨师这行少见的瘦子。手上好几栋物业收租，趁“九·一一”后房价大跌又添买了几栋，跟星光比是个富翁了，依旧住破屋、开破车。半路接到个新租客的电话要求检查窗子，在日落区星光家的附近，反正没事便一起去。

下车一看，就是我和占从前住过的小楼。日落区第四十六街，靠近林肯道交界，白色跟棕色的小平房，好端端站在那里一点都没变。市郊平民区常见的规格化样板木屋，双层，尖顶，屋前一排箭型栏杆，一道之字形楼梯通到楼上。就连台阶上的几盆植物都是老样子，常常我会开门出来给花浇浇水，看着它枝叶摇曳开出大朵的紫蓝喇叭——

一个白领族打扮的金发女人来开门，很客气说前两天听见屋后有异响，疑是浣熊觅食，才发现窗子关不严，怕不修理会不安全。阿乐答应装个新的，拉开建筑尺量尺寸，星光就跟那租客有说有笑聊起来。我四面看看，像失忆的人找线索，然而都不是了。不是他，不是我。

我先回到外面，靠在栅栏前，望着夜幕垂下。快开饭的时间，不断有车开进巷口，远远近近传来煞车声、拉手掣声、车门开阖声、锁车的哒哒声。然后有扇门打开，放出室内的昏黄亮光，将外面的人迎进。星光出来，对我说：“走路回家？”

我们向阿乐道别，向星光家的方向走去。是个明月随人的晚上。太平洋的春季冷风中，走过各式各样的房屋、门窗，明明暗暗，偶然间瞥见窗里的人，活在各自的生活里，我们是窗外两个夜行的影。

走走他说：“不走可以吗？这样手牵手走下去可以吗？”

又说：“你想想看，你在香港能找到又会做饭、又容许你整天写作的老公吗？”

看我不答，再接再厉：“退休金、社会福利金，都有你份，银行户口也加上你的名字，凡我拥有的都与你分享，以后你就是这个家的女主人，这样的条件你不满意吗？”

我仍不答，他又说：“你是嫌我中文不够好吗？我知道在你眼中，我是半个中文文盲，但中学时代学过的诗文，《青青河畔草》《木兰辞》《燕诗》，我还整篇背得出来。老师讲过的故事，韩愈被贬潮州、子路结缨、赤壁之战，我都源源本本讲得出来。我去当兵前，父亲给我带去三本中文书：《西游记》、李宗吾的《厚黑学》《鲁迅手稿》……”

前面两本他都读过多遍，只有《鲁迅手稿》读不进去，搞不懂父亲为什么要给他这本。郑父在乡下时原是国文教师，逃难到香港后当了防疫员、消防员，没再回到学校教书。

“鲁迅的东西你读过？他是清朝人吗？”

“不算是。”我说。

“你在犹豫什么？是我条件不够好？”

“你的东西我只想要一样。”我说。

“是什么？”

“写字间。能不能替我保留写字间，我下次来可以用？”

“哈，至少我成功推销了写字间！”笑个怪笑，“再向你推销一样服务可以吗？”

“说来听听。”

“要是天下大乱，你来我这里，让我保护你。”

“要是真的天下大乱，你也保护不了我。”我说。

“你嫌我老？”

“子路武功那么高，到你这岁数也给杀了，老狼。”

签证还剩一星期时，他说，去沙沙里多看看？我们便去了沙沙里多。

开着借来的车，走上从前走熟的路线。从海旁路绕入艾尔卡棉奴路，经林肯大道入 101 州际，过金门桥。

他没忘记指指那教堂说：“我和绢子在那里行婚礼，一九七二年！”

“树不见了。”我指指桥那头的山。

老远就看见，孤树坡上的小树不在了。第一个冲动是想告诉占那棵树不在了，才想起占也不在了。

桥头是依山建的，以前上桥下桥，习惯性地总要抬头望望桥西侧的坡丘，视野里会出现小小一棵树，孤零零站在蓝天下。

取右线下桥，滑落阿历山大路的悠悠长坡，两三个弯又一个急坠，看到路尽处有只蓝汪汪眼睛在眨巴便是李察逊湾。湾畔，沙沙里多。

照眼是那旧时堤岸，旧时山水。都说风景像极了地中海的渔港小镇，但我始终没去过欧洲，这里就是我的世界的尽头。

曾经我多爱这天海风涛曲，这圆木桩造的坞、船桅杆条纹图、风声浪声鸟叫声的多重奏。而如果是鲑鱼季，哥儿们都来了，趁着潮退解缆，引擎发动声咿昂昂咿昂昂唱破了黎明——

大航海时代的一七七五年，衔命探索海峡一带的西班牙探索船圣卡罗斯号从三藩市岛北边的狭窄水道进湾，借着半个月亮的微光颠簸过涌流。日后船长胡安·德·阿亚拉给西班牙总督提交的报告书描述了一个美好丰饶的天然港口。天气晴朗，有充足食水、木材与碎石滩；印第安人温驯友善；有成群的鹿、海豹海狮水獭；有淡水溪，溪畔有成行的柳树。胡安给这片河岸取名 Saucito，意思是小柳树，今名 Sausalito。

我想如果我是个几千年前在这一带生活的米沃克印第安人，我会想念那个白种人登陆之前，撑着莞草做的船来往于河川、渔猎于溪流丛林、与海豹海狮同嬉于滩岸的年代；

如果我是墨西哥统治时期，从旧世界漂洋过海来这里碰运气的白种殖民者，我会想念那个大片丘陵原野尚是无主之地、第一个开垦的人就是王、白手兴家自建庄园、做个坐拥万亩方圆的大地主的年代；

如果我是淘金热时期的淘金人，我会想念那个满城黄金传说、发财梦随时成真、河流溪涧捞金的年代；

如果我是个捕鱼族，我会想念那个帆船游艇还没那么多、山上豪宅还没起那么密、海水还没被两次漏油灾难污染，那个买套渔船渔具便可浮槎出海、做个自由自在的海上吉卜赛的年代——

然而我是我，我是金洁儿，所以我想念我的那个年代。那个我爱读书、满脑子写作大计等着我去实践、挥笔疾书日写数千字、结交良朋登山临水遨游的年代。那个邓丽君还在唱她的《襟裳岬》、好莱坞祭出《E.T.》和《星际大战》、米高杰逊祭出他的“月球漫步”、多哈丝写成她的《情人》、米兰·昆德兰写成《生命不能承受之轻》的年代。

上网查那棵树的事，竟是有一群爱树者哀悼树的“殒落”。殒落的原因，有网民认为是在风暴中遭殃，也有的认为是政府派人砍的。有人贴出一张《三藩市日报》的新闻照，是摄于金门桥的造桥工程尚在进行时，镜头内有树，可见一九三七年金门桥启用以前，树已在。它在那个山头至少七十年。

网民们献出各自的树故事。曾在树下被求婚的、初吻的、与好友拍过合照的。有位摄影师制作了一辑“还树于山”照片，即是用那棵树的特写照制成标牌，拍照时，利用取景角度将标牌重叠于山头，仿佛树又被植回它原来的位置。

五月三十日占的忌日那天，我和星光去上坟。付费在专门网站查到骨灰的安放地点是在三藩市南边的科尔玛市，约三十分钟车程。普通的一方灰石碑，上刻姓名、生卒年月日。鲜花一束、燃香一支祭故人。

至于小汶的骨灰，我去沙沙里多那天已将它撒入海中，骨灰会随着水流漂到太平洋，天涯从此逝。

回香港后，我收到星光的信，是我最后一次有他消息。

亲爱的洁：

是今生的第几次离别了。下一次见面，不知是何时何地。假如不是我学佛多年，假如我仍然有着我当兵时期的不顾一切的冲劲，我不会允许你再一次离开我身边。可是，洁，我又凭什么留你呢？

你离去后的这些天，我日日坐在你曾经埋头写作的写字间，回想前事。如果我对自己完全诚实的话，我必须承认，你的顾虑完全正确。我自知是个粗人、莽夫，一个在沟渠里长大、行事不符世俗标准的乡下佬。正如你所说，与你是两个星球上的人。难道我竟是忍心让你放弃所有，在这多雾多风的加州海岸，过着你形容为“劳动改造”一般的生活？

至今我仍深深记得，沙沙里多渔坞上，那深刻的第一眼。那时的你是个长发姑娘，十八岁？还是二十岁？我不记得了。你多么爱笑，多可爱，多快乐啊！

但是你可知道，在遇见你前，我便认识你了。这件事埋藏在我心底三十年，也许是时候向你表白。这要从我家住土瓜湾的时候说起。那时与我们同一条走廊的邻居中有一户姓黎的人家，我跟他们家的三个孩子中的老大阿雄同年，成为好友。阿雄的父亲在救火中殉职后，阿雄的母亲带着他们投靠亲戚，改嫁，移民到夏威夷。我在联合航空工作的时期，常去夏威夷公干，每次去都约阿雄出来吃饭。他实现儿时的志愿当了消防员，他的妹妹朵拉西在夏威夷大学上学，有时也出来一道玩。长话短说，有次我如常在抵达夏威夷后联络阿雄，他邀我到他家。“好多鬼妹的派对”，他说。是那种人数众多、搞不清谁是谁的场合，大部分是朵拉西的大学同学跟朋友。阿雄喝得醉醺醺，顾着巴结那些“鬼妹”没空理我。我坐在一角直懊悔跑来，看见旁边茶几上有本打开放置的书，仿佛看书的人看到某页，把它面朝下撂在那里。我注意到是本中文书，便随手拾起看了起来——

啊洁，如果我告诉你说，我就这样堕入爱河了，你会认为是无稽的谎言吗？你会认为是我又一次发挥我的推销员伎俩吗？你写家庭、写老师、写朋友，那么生动美妙，年轻的生命力那么丰盛感人，我当时感受的冲击那么大，甚至我有个感觉，我来到这世上，便是要寻觅像你这样的人。简单来说，是对事物有感受的人吧。所以，那天占米王带你到码头来，虽说是第一次见你，却好像认识你似的……

你没想到吧，洁。直到今天才告诉你，不是有心隐瞒，而是每次当我想开口，都怕增加你的心理负担。记得吗？初遇时，你处于一种自信心跌到低点的时期。我不知道你身上发生过什么事，使你全盘否定了自己，甚至跟我说："真高兴来到一个不用担心碰到读者的地方。"那么，我又怎敢告诉你，在你面前就是个读者，而这读者对你一见倾心。虽然很想给你打气，可是一个肚子里没有几滴墨水的人说的话，对你又能起什么作用？何况我的情况并不允许我追求你，而当你为了占的事来找我当顾问，我只能扮演大哥哥的角色，听你倾诉，带你到码头上玩，但那只有让我更疯狂地想得到你。想得到你，又不能得到你。想爱你，又不能爱你，使我一度痛苦到发狂……

这番表白吓坏了你吗，洁？从一开始我就害怕，怕你被我所伤。你是一张白纸一样的女孩，而我，却是洪水烈火。

在那些我们长久不通音信的年月，我未曾有一天不为你担尽了心，担心你被这残酷的人世所伤。当我还是个渔夫时，在那些漂流大海等鱼上钩的枯燥时刻，我会做梦，梦想我们在一条小船上，我打鱼，你写书，偶尔你出舱来帮我的忙，我们去了一个港口又一个港口，看到风景好的地方便上岸小住，然后又继续我们的航行。很奇怪在这些白日梦里，你总是在写书，我总想知道你在写什么书，哪怕我只占据其中一段，或一行，那就代表你心中有我了。我就是做着这样的可笑的梦。

洁，没想到，众神应允了我的祈祷，你竟来了，在我家驻留数月。那是何等珍贵的数月。我真希望，我能年轻个十岁八岁，有足够的力气，为你创造美满的人生。但我能做到的，只是为你布置个简陋的写字间，希望你在写作中感到适意。为你按时送上食物，因为你说过，你想过的生活，就像某位作家描述过的（我忘记是哪位了），在一个地下室，有人按时送食物来，把食物放在地下室的外面。然而，当我的某些言行惹来你的不悦，当你因小故发脾气、而我用尽心思所做的安排被你讥为寒酸，我感到那么绝望，洁。也许真是我这个在美国住了太久的半唐番，没有足够耐心揣度你的心意。所有我为跨渡距离所做的努力，到头来都是白费心机。

很抱歉那次争论，我的激烈举动和声量使你受惊了。但这完全是因为，我是那么害怕失去你的缘故。洁，你来我这里是为了什么？想得到什么？当初我多么欣喜若狂，以为心愿得偿。倘若不是我够了解你，我会以为你在耍把戏。爱不是纸上谈兵啊，洁。爱是行动，是奉献，是付出与回报。但你是那么精打细算、自我保护、欲言又止……

记得初来美国，这里流行一首歌，叫做《它只是个纸月亮》，不知你听过没有？有几句歌词是："它只是个纸月亮，浮在硬纸皮做的海上；它不是假的，只要你相信我的心是真"——你的心是个纸月亮吗，洁？

亲爱的，我这样说太残酷吗？不过，也只残酷这一回了。记得我跟你说过，时机稍纵即逝。当你想回头走同一条路，它未必还在那里。你临走时，我曾对你承诺，为你保留这个写字间，不动它分毫，让你再度来访时可以使用。对不起，现在我要收回这个承诺了。这个泊船的码头，我要将它拆毁了。

请原谅我做这个决定，并且请相信，对我来说是多么痛苦的决定。现在我知道，原来领悟时，便是缘尽时。曾经我愿意飞越半个地球，只为了看你一眼；曾经我为你有了弃家之想，为免做犯罪的事，尝试用一颗子弹了结此生（请原谅我向你说了谎，说是因为捕鱼失败是个谎言），有时我真是希望可以少爱你一些……

洁，以后的路你自己走了。噢宝贵的，我最宝贵的，感谢你走进我的生命里，给我的人生添了生气。感谢你这些日子的陪伴，让我这个孤单老头，暂忘孤单。感谢你以纯洁的心与我交往，从以往，到如今，都没有改变……

以后，没有我这个长气老头在你耳边噜嗦，凡事多考量，不要老是那么冒失莽撞了。好好注意身体，善用从我这里学得的知识。若有缘再见，希望是看见精精神神、非常成功的你。

天亮了，我已力尽难续。亲爱的洁，我最宝贵的，我会想你，天涯海角。

永远是你的

星光

9

终章：劳伦斯·贺普的生平

Laurence Hope, 1865～1904

她是在英属印度喀拉蚩市（Karachi）的图书馆内遇见他，麦坎·哈素斯·尼可森上校，孟加拉第三师俾路支兵团的统领。据说有过这样的事，她到车站送他去远征，列车开动的巨大冲力将他所在车厢的车门荡开，她绊倒，抓住车门被拖行一段，他救了她脱险将她抱入车厢，列车载着他们奔向远方……

她小名叫 Violet，因她的紫罗兰色的眼睛。原名阿黛拉·弗罗伦斯·歌利，是雅瑟·歌利上校的二女儿，一八六五年四月九日在英国西南部、格洛斯特郡附近的 Stoke Bishop 镇出世。母亲伊丽莎白·凡妮·格尔芬是韦尔斯裔的贵族后代，跑来印度跟雅瑟在加尔各答的教堂结婚。头胎生的小男孩一岁多夭折，其后三个都是女儿。阿黛拉的姊姊伊莎贝儿跟妹妹安妮苏菲都在印度出生，跟阿黛拉分别相差两岁和三岁。三姊妹都能写，做过由父亲主编的报纸的编辑。伊莎贝儿在父亲死后继承了他创办的报社，阿黛拉写诗成名，安妮苏菲成为流行小说家，以笔名“维多利亚·克莱丝”（Victoria Cross）出版了二十多部艳情小说。

这一家五口，生活在大英帝国还相当强盛的时期，殖民地分布五大洲。每片英属领土有个统治层形成的英侨小区，里面住着被派驻当地的官员、军队、家眷。他们住在异国情调的宅第里，雇用土著佣仆，在种植英式花卉的庭园喝下午茶。他们跳社交舞、听交响乐、打网球、打木球、打桥牌。他们谈诗论艺，谈情说爱。他们是大英帝国的忠臣与放逐者，身在异乡、心怀故国。

雅瑟在印度的孟加拉步兵团开始他的军旅生涯。从小兵一级级擢升，二十七年后退休时是个上校。他一向爱写点东西，发表过长诗和讨论英国在印政策的分析文章，退休后进入报业界。先是在北部拉哈尔市（Lahore）担任《公民与军人报》（*The Civil and Military Gazette*）的编辑，一度因健康问题返英，回到印度之后定居于西岸的海边城市喀拉蚩，办了份每周印两次的《信德报》（*Sind Gazette*）。他在英国养病期间，接替《公民报》编务的正是十年后文名大盛的吉卜林。

阿黛拉由亲戚带大，在伦敦市郊的女子寄宿学校受私校教育，接受音乐绘画等淑女技艺训练。稍长，游历欧洲增长见闻。十六岁赴印度与家人团聚时，她已是个见过世面的知识女性。先是来到拉哈尔市，与姊妹们一起协助父亲主理编务，后来就在喀拉蚩市的报社继续给父亲充当无薪编辑。

在图书馆遇见麦坎那年她二十四岁。他是军功彪炳的四十六岁沧桑中年人，有着苏格兰裔高地人的深目鹰鼻，浅肤色，两撇海象牙刷子胡。出身军人家庭，十七岁从军，曾在阿比西尼亚、阿富汗的沙场征战，做过维多利亚女皇身边的副官，精通多个中东部落方言，勋章与荣耀加身，军人军眷圈流传他的事迹。一位旧部形容他：“体格魁伟，有张一见难忘的脸，令他觉得他无惧一切。在信德边境那些野蛮部落间度过从军岁月，懂得他们的语言和习俗，摄取他们的精神。倘若不是他的肤色、萨克逊人母语，你很容易误认他是个帕坦族人。”

婚后两人定居俾路支斯坦（Balochistan），麦坎出外执行任务她都随行，装扮成帕坦族的小伙子，跟随部队横越灼热的土原，去到西北部边境勘察边防。纤小的身影混迹土著士兵群里，追随麦坎左右，去到营火畔、帐幕里、兵阵中。

她拥抱这片亚热带土地的一切。食物、衣着、人民。河流与莽林、斑斓花草、狂风暴雨、兴都教寺庙、伊斯兰浪游诗人的诗歌、苏菲行者的诵经。麦坎成了她的启蒙师与旅伴，带领她深入印度，涉足鲜少英国女性敢于或屑于涉足的地域，学习土著的语言，观察风俗民情。她学会说流利的乌尔都语——北印度的主要语言，穿当地人的服装，吸收当地的文化空气，将“在地化”身体力行到一个维多利亚时期西方女性所可能的极限。她写过这样的诗：“这是我的人民，这是我的土地／我听见她秘密灵魂的脉动。”

即便在生时，他们便是对经典，特立独行令人侧目。在那些听室内交响乐自娱的绅士淑女们的眼中，他们这一对是传说也是笑柄。是被异族同化的怪胎，是优越传统的悖离者。在那个遥远的中东边疆，夫妻俩同行并辔，结伴历险，一去多天，远赴前线搜集情报。曾经他们利用长假去了趟中国，涉足紫禁城，探讨一宗涉及铁路、煤矿及水利的投资机会。一八九四年麦坎获升为少将，获授三等巴斯勋章，出任印度中部的姆霍沃（Mhow）军事基地的司令官。夫妻俩一跃成为当地的军政界要角。住在前印度王公的宅第里，主持派对与饮宴，周旋于英侨与印度没落王朝的王公王子间。

估计阿黛拉是这时期进入创作的高峰期，体裁多为叙事诗歌，将多样化的印度山河景色入诗，化身为印度男子或女子，述说情爱的百般滋味。不时她单骑出游，男身或女身，独自去到深山野林，写生画画，去看寺庙里的神秘仪式。在家她喜穿印度丝缎做的宽松纱丽服，裸脚，垂肩的头发散披，接见宾客也是这样的装扮，在犹自严守礼教防线和束紧身胸箍的淑女圈是惹非议的行为。

在这时期与她有过交往的苏格兰女作家维奥勒·雅各（Violet Jacob）曾在一封一八九七年的信中议论阿黛拉：“一个娇小、漂亮、非常怪的女人，穿那么低俗的难看的衣服。我一向觉得她蛮有趣的，当然所有的人都在讥笑她，有时我也忍不住……要笑一下她那滑稽的形象。”

另一位同代的英国女作家弗劳拉·安妮·斯蒂尔（Flora Annie Steel）在自传中忆述在孟买见到阿黛拉的印象：“我自己够不传统的了，可是坐在她那夺目形象的旁边真有点窘。穿着一件低领、短袖、粉红色缎袍，大白天在一辆敞篷马车上。”

一九〇〇年麦坎任期届满，夫妻俩回到英国等待下一个任命。阿黛拉在同年九月诞下一个男婴，从父名取名麦坎。分娩中当情况危急、医师作出性命堪忧的判诊时，麦坎曾在信中对朋友说：“我烧毁了所有文件，准备追随她去，正如我承诺过她的。”暗示夫妻间有过某种约定。

在维多利亚女皇崩逝、艾德华七世登基的一九〇一年年底，阿黛拉出版她的第一本诗集。取了个男性化的笔名 Laurence Hope 掩饰真实身份，标题页上注明“由劳伦斯·贺普搜集与编排”，表示这些作品是印度诗歌的翻译而非原创。

诗集大受好评。一位评论者认为：“这位译者，或改编者的灵动才情那么高……”，充分传达了人们对于“这片毗湿奴古老土地的‘事物残酷面’的奇异致命的迷恋”。另一位评论者指出：“贺普先生成功捕捉了印度情诗的主要音符，那当下一刻的热情专注、那户外氛围、那忧郁情调，带领我们进入尚未被深入探讨的当地感受与想象的领域……”

正当文坛鼓掌欢迎这位译坛新秀，“劳伦斯·贺普”的真实身份被一位匿名评论者揭穿。那些大胆浓艳的情诗的作者，竟是尼可森将军夫人。立时文坛哗然，流言四起，圈内圈外窃窃私议那些露骨的内容是否含有自传性质。当时二十七岁的毛姆在笔记里记下这段：“大家都在谈 V. F.，都认识她。她出版了一部热情的情诗集，很明显对象不是她丈夫。她在丈夫鼻子底下长时间偷情这件事令大家觉得好笑，都很想知道他读到那些诗时会有什么感想。”

女作曲家艾米·芬顿（Amy Finden）选出其中四首诗，谱上曲，大受欢迎。尤其当中的《苍白的手我爱》，又名《克什米尔情歌》，名演员华伦天奴也曾演绎，传唱遐迩。在新王朝的歌舞升平氛围里，贺普诗名远播。

对于尼可森夫妇，英国是个囚笼。麦坎的新任命迟迟未下来，又一次的商机把他们带到了摩洛哥，却只是重复了中国之行的无功而返。阿黛拉的第二本诗集出版，夫妻俩把小孩拜托给麦坎的姊姊们，在一九〇四年初回到了印度。

无官一身轻。两人来到西南岸的科泽科德市（Calicut），住在小旅馆里，过平静俭朴的日子。她写信给家人要小孩的照片，报告生活的小趣事，在信里转述了麦坎的话：“他说但愿他早点知道人可以活得有多快乐……”

未来六个月，他们住在几哩外的费罗克镇（Feroke）山上一栋丛林围绕的小屋里，柴利雅河的流水从山下淌过。阿黛拉再度出游，乘小舟溯河而上探险。有封五月份的寄自尼伦布尔（Nilambur）的信证实她去过那里，接近西高止山脉的柴利雅河岸上的小镇。信上写："我们穿过树林二十二哩。树林就是树林的样子，但是山区气候寒冷，天空有很多灰色，不过这里热，印度的热。你听说过克劳格斯敦这名字吗？山姆·劳勃·克劳格斯敦中尉（事实上隶属第23师团）的墓在这里。一九四三年他十九岁那年在河里遇溺。'豪爽、昂扬、前途远大'——他团里的哥儿们（马德拉斯第21师步兵团）这么形容他。墓碑在一处灌木丛里，几乎被覆盖。我昨天傍晚把石头洗干净，心想不知哪里有他的族人……这地方完美得很，我但愿人能活个一千年，因为有那么多的事总是来不及做。"

收信人应是麦坎，可能因身体欠佳留家中。那句"你听说过克劳格斯敦这名字吗？"，是向丈夫打听在军中有没有听说过这姓氏的人，也许会是那位遇溺士兵的族人。

八月的台风季，麦坎的病需要治疗。夫妻俩横越南印度，去到东南岸的繁荣城市马德拉斯（Madras）就医。医生说只是前列腺小问题，做个简单的手术就没事。麦坎于八月六日入住麦凯园疗养院，八月七日做手术，怀疑是麻醉药使用过量，麦坎没有醒来。简陋的小疗养院里没有氧气可用来急救，医生护士们拼了命保住麦坎的呼吸，阿黛拉跑去药房买氧气筒，没有卖的。待她赶回疗养院，麦坎已死。

向来感情不外露的阿黛拉的哀痛程度令所有的人震惊。住在马德拉斯的好友史德活爵士夫妇将她接到家中住。那是后来有功于印度独立运动的英籍律师厄德利·诺顿(Eardley Norton)的宅第。根据诺顿日后的笔记，阿黛拉悲痛不能自抑，夜晚在花园游荡，“在许多棵树的树皮上刻不知什么字母”。她强撑精神处理了丈夫墓碑的事、儿子的供养费的事，且将第三本诗集的稿本整理出来，留书拜托史德活爵士在他回英国时将书稿带回交给出版商。她附了封信给一位英国友人，在信上写：“我要行使追随丈夫的‘权利’。”这次她破例写了首献诗给麦坎，置于诗集卷首。

十月四日，仰氯化汞而死。

夫妻并葬于马德拉斯的圣玛丽坟场。阿黛拉终年三十九岁，麦坎六十一岁。

消息传到英国，引起文坛揣测纷纭。汤姆士·哈代执笔撰讣闻，将阿黛拉与古希腊女诗人莎孚并论。她留下三部著作：《迦摩花园》(*Garden of Kama*)、《沙漠星辰》(*Stars of the Desert*)以及她去世次年出版的《印度之恋》(*Indian Love*)。一位评论者作出这样的总结：“透过这三部热带诗，犹如火山口喷出白热的熔浆，一个不安的热情的灵魂发泄了它所有的躁动。”

除《沙漠星辰》外，另外两部在美国出版时都另取书题。《迦摩花园》更名《印度情诗》(*India's Love Lyrics*)，《印度之恋》更名《最后诗》(*Last Poems*)。她儿子麦坎在母亲去世后十八年，将她的诗作编辑成《劳伦斯·贺普的印度情诗选辑》出版。

此后一世纪，读者阅读贺普的兴趣历经几番冷热，而贺普的作品也渐渐从书市绝迹，要到图书馆或二手书店的旧版书堆里找。然而她的诗作与生平从未停止过被阅读、解读、改编成电影、写成小说、写成论文。毛姆基于当年那段笔记写成短篇小说《上校夫人》(*The Colonel's Lady*)，收录在一九四六年出版的、他的最后一本短篇小说集《持家有道》(*Good Housekeeping*）里。较近期的贺普书写，有一九九六年出版的、英国作家玛丽·塔尔博特·克莱丝（Mary Talbot Cross）基于贺普的生平写成的长篇小说《命运不落泪》(*Fate Knows No Tears*)。

以下附录著名的贺普诗《柚树林》(*The Teak Forest*) 中译全文。印度盛产柚木，而贺普足迹所及的姆霍沃与尼伦布尔两个地方都植有柚树林。就创作年份论，该是姆霍沃时期的作品。

柚树林

我爱过你吗谁能说?
是否我向你的方向漂去
在机遇与变迁的无尽河流上
而你唤醒那奇异的

从未知悉的无名字渴念
燃烧我们以隐藏的火焰
　　谁能说？

生命是奇妙而莫知所之的东西：
我们听到群寺的钟声响起，
已成婚的孩童们边走，边唱。
婚嫁的月份，春天的月份，
充斥晒焦了的群花的呼吸
放射出比我等更强的亮光，
而，在蓝得凶猛的天空下，
　　我走向你！

你告诉我你鲜明人生的故事
残忍的死亡，四伏的凶险——
关于深黑的森林，关于中毒的树，
关于痛楚与热情的烧灼与冻结，
关于南方的午潮与东方的夜晚，
当充满奇妙欢愉的爱变成疯狂，
当男人们杀戮女人们跳舞，
直至我，那聆听者，静卧，神迷。

然后，迅疾如一只南飞的燕，
　　我亲你的嘴！

某夜当平原浴血
夕照中如深红色的洪水，
我们在年轻的柚树下游荡
树枝在轻吹的晚风中哀鸣；
你引我至水湄，
“这是豹来饮水的泉
在夜间；这里水源充足
不管季节如何的干渴和干旱。”
我们是否有着野兽灵魂的人形？
我将乐意一尝你的生血。

夜速降；这骤然的大地
绝不借予我们一缕暮晖
在日光岸与海洋夜之间，
它一收——一放——霎时，那亮光。
我们躺于陡峭的山坡上，
当山下远处野孔雀在叫，
而有时我们听见，在太阳烤焦的草地，

丛林径上的隐秘步履。
我们聆听：不知它们是
因爱或因饥饿而行。
而在你的吻下我不知
曾经是爱你或恨你。

但你的话语是焰，吻是火
而谁能抗拒一个强烈的欲念？
我不能，我的人生是破船
在七情六欲的海上，漂泊，漂浮。
而，不论我因爱或因恨而来，
我走向你是命运所写定
在血红天空的每个色调，
在孔雀啼声的每个音调。

当森林夜的每一阵风
煽动你燃起的火苗。
因这种种皆有搅动血液的力量
任凭它们的高兴驱迫着我们。
而去爱与否由不得我们
一如跃出大海与否由不得波浪。

我们从来与永远是这些事物的奴隶，
那些灼人的太阳与冰人的风，
那闷热空气里的淡淡甜香，
那遥远兽穴的隐隐吼叫。
这些随机事物恒常主宰着我们。驱迫
至天堂的极顶，地狱的极深。

我爱你吗？你不问
也不浪费时间在这不讨好的勾当上。
你给我亲吻而我回吻，
谁管它们结冰或燃烧。
我感觉你激烈双臂的力量，
谁管它们治疗或害伤。

你是颖悟的；你接受众神的给予。
你不提问，自称心满意
故我在你身畔接受你亲吻，
也许为此我更珍视你。
因为这就是智慧；去爱，去活，
去接受命运或众神，所可能给予的，
不提问，不祈祷，

吻其唇，抚其发，
热情退时催它退、来时迎它来，——
去拥有，——去保有，——然后，——有天，——放手！

而这是我们的智慧：我们并憩
在风雨欲来的孤独大山上，
望着天空褪色和焚烧，
金色星辰在它们的轨道里转，
当爱与我们同在，与时间与和平，
而生命只有这些可给予。
但，你爱我吗，谁能说，
是否你，向我的方向漂来
在机遇与变迁的哀伤大河上，
以你疲倦的容颜，奇特的话语，
点燃我的灵魂以隐藏的火焰
燃烧至无名字的强烈渴念，
　　谁能说？
我不能，我是条破船
暂安于随波逐流
在充满爱之欢愉的小小午潮上
　　在两个夜之间。

The Teak Forest

Whether I loved you who shall say?
Whether I drifted down your way
In the endless River of Chance and Change,
And you woke the strange
Unknown longings that have no names,
But burn us all in their hidden flames
  Who shall say?

Life is a strange and a wayward thing:
We heard the bells of the Temples ring,
The married children, in passing, sing.
The month of marriage, the month of spring,
Was full of the breath of sunburnt flowers
That bloom in a fiercer light than ours,
And, under a sky more fiercely blue,
  I came to you!

You told me tales of your vivid life
Where death was cruel and danger rife —

Of deep dark forests, of poisoned trees,
Of pains and passions that scorch and freeze,
Of southern noontides and eastern nights,
Where love grew frantic with strange delights,
While men were slaying and maidens danced,
Till, I , who listened, lay still, entranced.
Then, swift as a swallow heading south,
I kissed your mouth!

One night when the plains were bathed in blood
From sunset light in a crimson flood,
We wandered under the young teak trees
Whose branches whined in the light night breeze;
You led me down to the water's brink,
"The Spring where the Panthers come to drink
At night; there is always water here
Be the season never so parched and sere."
Have we souls of beasts in the forms of men?
I fain would have tasted your life-blood then.

The night fell swiftly; this sudden land

Can never lend us a twilight strand
Twixt the daylight shore and the ocean night,
But takes — as it gives — at once, the light.
We laid us down on the steep hillside,
While far below us wild peacocks cried,
And we sometimes heard, in the sunburnt grass,
The stealthy steps of the Jungle pass.
We listened; knew not whether they went
On love or hunger the more intent.
And under your kisses I hardly knew
Whether I loved or hated you.

But your words were flame and your kisses fire,
And who shall resist a strong desire?
Not I, whose life is a broken boat
On a sea of passions, adrift, afloat.
And, whether I came in love or hate,
That I came to you was written by Fate
In every hue of the blood-red sky,
In every tone of the peacocks' cry.

While every gust of the Jungle night
Was fanning the flame you had set alight.
For these things have power to stir the blood
And compel us all to their own chance mood.
And to love or not we are no more free
Than a ripple to rise and leave the sea.
We are ever and always slaves of these,
Of the suns that scorch and the winds that freeze,
Of the faint sweet scents of the sultry air,
Of the half heard howl from the far off lair.
These chance things master us ever. Compel
To the heights of Heaven, the depths of Hell.

Whether I love you? You do not ask,
Nor waste yourself on the thankless task.
I give your kisses at least return,
What matter whether they freeze or burn.
I feel the strength of your fervent arms,
What matter whether it heals or harms.

You are wise; you take what the Gods have sent.

You ask no question, but rest content
So I am with you take your kiss,
And perhaps I value you more for this.
For this is Wisdom; to love, to live,
To take what Fate, or the Gods, may give,
To ask no question, to make no prayer,
To kiss the lips and caress the hair,
Speed passion's ebb as you greet its flow, —
To have, — to hold, — and, — in time, — let go!

And this is our Wisdom: we rest together
On the great lone hills in the storm-filled weather,
And watch the skies as they pale and burn,
The golden stars in their orbits turn,
While Love is with us, and Time and Peace,
And life has nothing to give but these.
But, whether you love me, who shall say,
Or whether you, drifting down my way
In the great sad River of Chance and Change,
With your looks so weary and words so strange,

Lit my soul from some hidden flame
To a passionate longing without a name,
    Who shall say?
Not I, who am but a broken boat,
Content for a while to drift afloat
In the little noontide of love's delights
    Between two Nights.

译名对照表

英文	港台译名	内地译名
Portsmouth	朴茨茅斯	朴次茅斯
San Francisco	三藩市	旧金山
The Qur'an	可兰经	古兰经
Point Bonita	庞尼塔角	博尼塔角
Virginia Woolf	吴尔芙	伍尔夫
Francis Scott Key Fitzgerald	费兹特罗	菲茨杰拉德
Kurt Vonnegut	冯内果	冯内古特
Dylan Thomas	戴伦	狄兰 · 托马斯
Ted Hughes	泰德 · 晓士	泰德 · 休斯
Shrek	史力加	史瑞克
Star Trek	星空奇遇记	星际迷航
Harrison Ford	哈里逊 · 福特	哈里森 · 福特
Sutro Baths	苏图洛浴场	苏特罗海水浴场
Katie Woolf	凯蒂 · 吴尔芙	凯蒂 · 伍尔芙
Arizona	阿里桑娜	亚利桑那
Texas	德萨斯	得克萨斯
Oklahoma	俄克拉荷马	俄克拉何马
Kansas	坎萨斯	堪萨斯
David Lynch	戴维连治	大卫 · 林奇
Coen Brothers	高安兄弟	科恩兄弟
Edward Ruscha	艾德 · 若夏	爱德华 · 鲁沙

英文	港台译名	内地译名
Jack Kerouac	杰克 · 凯洛瑞克	杰克 · 凯鲁亚克
Jefferson Square	杰佛逊广场	杰弗逊广场
The Greatest Salesman in the World	世上最伟大的推销员	世界上最伟大的推销员
Jane Eyre	简爱	简 · 爱
Olympus	奥林匹克斯山	奥林匹斯山
David Chiang	姜戴维	姜大卫
Al Pacino	阿尔帕仙奴	阿尔 · 帕西诺
Robert De Niro	罗拔迪尼路	罗伯特 · 德尼罗
Richard Gere	李察基尔	理察 · 基尔
Taxi Driver	的士司机	出租车司机
Disney	迪斯尼	迪士尼
Michelin Restaurant	米芝莲	米其林
Elizabeth Arden	伊莉沙白雅顿	伊丽莎白 · 雅顿
Christian Dior	克里斯廷迪奥	克里斯汀 · 迪奥
Star Wars	星际大战	星球大战
Michael Jackson	米高杰逊	迈克尔 · 杰克逊
Marguerite Duras	多哈丝	杜拉斯
The Unbearable Lightness of Being	生命不能承受之轻	不能承受的生命之轻
Edward VII	艾德华七世	爱德华七世

图书在版编目（CIP）数据

哀伤纪 / 钟晓阳著 .-- 北京：北京十月文艺出版社，2019.9
ISBN 978-7-5302-1929-4

Ⅰ．①哀… Ⅱ．①钟… Ⅲ．①长篇小说－中国－当代
Ⅳ．① I247.5

中国版本图书馆 CIP 数据核字（2019）第 047181 号

哀伤纪
AISHANGJI
钟晓阳 著

出　　版　北京出版集团公司
　　　　　北京十月文艺出版社
地　　址　北京北三环中路 6 号
邮　　编　100120
网　　址　www.bph.com.cn
发　　行　新经典发行有限公司
　　　　　电话（010）68423599
经　　销　新华书店
印　　刷　北京天宇万达印刷有限公司
版　　次　2019 年 9 月第 1 版
　　　　　2019 年 9 月第 1 次印刷
开　　本　890 毫米 ×1270 毫米　1/32
印　　张　7.25
字　　数　150 千字
书　　号　ISBN 978-7-5302-1929-4
定　　价　49.80 元
质量监督电话　010-58572393
如有印装质量问题，由本社负责调换